अतरंगी कहानियां

विवेक कुमार पांडे शंभूनाथ

क्रम-सूची

क्रम-सूची

प्रस्तावना

इस किताब में नए - नए अतरंगी कहानियां हैं। जिसे पढ़कर मन ताजा हो जाएगा। इस किताब को लिखने के दौरान कोई भी धर्म या जाति एवम् किसी भी परिवार के सदस्य को नुक्सान नहीं पहुंचाया गया है। यह किताब सिर्फ पढ़ने के लिए है ।

भूमिका

- **लेखक जीवनी**

मेरा नाम विवेक कुमार पांडे है और मैं एक लेखक हु , में गुजरात के सुरत में निवास करता हूं.मेरा जन्म ३० सेप्टेंबर २००२ में हुआ था, और मुझे बचपन से एक्टर बनने का सोख रहा है और अभी भी है.। में कभी ये नहीं सोचता की लोग क्या कर रहे हैं में ये सोचता हूं कि में क्या कर रहा हूं, में आज सफल हूं तो अपने पापा की वजह से आज वो रहते तो उन्हें बहुत खुशी होती , वो सदा और हमेशा मेरे साथ रहेंगे.। मेरे रियल लाइफ के सुपरस्टार और सुपर हीरो मेरे प्यारे पापा है । आई लव यू पापा । पापा को मेरे हाथ कि चाय बहुत अच्छी लगती थी ।

जब उनका मन करता था चाय पीने के लिए तो वो कहते थे । मुझे चाय पीना है कौन बनाएगा मम्मी कहती में बना देती हूं लेकिन पापा कहते नहीं मेरा बेटा बनाएगा । उसके हाथ कि चाय मुझे बहुत अच्छा लगता है । जब भी काम करके घर आने वाले होते हैं तब मुझे फोन करते है विवेक बेटा बोलो क्या खाओगे सेब ले लु । में कहता ठीक है पापा ले लिजिए । पापा कहते कितना लू एक किलो या 2 किलो । में कहता नहीं पापा सिर्फ में ही खाता हूं भईया और दीदी को फल अच्छा ही नहीं लगता है इसलिए 3 सेब ले लेना । लेकिन पापा मेरे लिए दो तीन किलो फल लेकर आ ही जाते थे । पहले ले लेते फिर मुझे फोन करते । हमेशा ऐसा ही करते थे ।

में ये नहीं कह रहा हूं कि मुझे बहुत ज्यादा प्यार और मानते थे । वो अपने तीनों संतानों को प्यार करते थे । सबसे छोटा तो में ही था घर में , मुझसे बड़ी मेरी बहन और मेरी बहन से भी बडे मेरे भईया । में आज भी वो दिन का इंतजार कर रहा हूं जब पापा मेरे लिए कुछ लेकर आएंगे । मेरे कान तरस रहे है वो आवाज़ सुनने के लिए । लेकिन कहते हैं जो चीज चली जाए वो कभी लौटकर नहीं आती है । आप सभी से निवेदन है आप अपने मम्मी और पापा का ध्यान रखें । दुनिया में एक ही भगवान है वो है माता ओर पिता ।

में बहुत ही शरारती था बचपन में । मुझे किताब लिखने का शोख बचपन से ही था । जब में तीसरी कक्षा में पढ़ता था । तब से ही किताब लिखता था में और मेरा दोस्त हम दोनों किताब लिखके सभी को दिखाते थे और कहते थे जिन्हें मेरा किताब अच्छा लगे तो अपना हस्ताक्षर कर दे । मेरे अंदर एक बहुत ही खास विशेषता है में किसी के चक्कर में नहीं रहता हूं । कौन क्या कर रहा है करने दो मुझे कुछ फर्क नहीं पड़ता है । मुझे सिर्फ अपने आप पर ध्यान देना है ।

क्योंकि दुनिया में ऐसे भी लोग हैं जो नहीं खुद कुछ करना चाहते हैं और नहीं दुसरो को कुछ करने देना चाहते हैं । एक बात ध्यान रखें अगर आप कोई भी नया काम करते हैं तो

पहले लोग ताना मारते ही है । ये मत करो वो मत करो तुम्हारे बस कि बात नहीं है , तुम नहीं कर सकते हो . मुझे यह पता नहीं चलता लोग इतना सुझाव क्यों देते हैं । हमें जो करना है हम वहीं करेंगे । कई लोग हैं जो दुसरो के कहने पर वही करते हैं लेकिन मैं आपसे कह रहा हूं आप जो करना चाहे वो करे किसी के कहने पर खाई में मत कुदे । आपकी जिंदगी आपके ही हाथों में है लोगों के हाथों में नहीं है ।

मेरा बस एक ही सपना है की में नाम कमाकर अपने पिताजी का अधुरा सपना पूरा करूं ।

1

शतरंज के खिलाडी

शतरंज के खिलाडी -एक युवक ने किसी मठ के महंत से कहा मैं साधू बनना चाहता हूँ लेकिन एक समस्या ये है कि मुझे कुछ भी नहीं आता केवल एक चीज़ के और वो है शतरंज लेकिन शतरंज से मुक्ति तो नहीं मिलती और एक दूसरी बात जो मैं जानता हूँ वो ये है कि सभी प्रकार के आमोद प्रमोद के साधन जो है वो पाप है । इन दोनों बातों के अलावा मुझे कोई अधिक ज्ञान नहीं ।

इस पर महंत ने उस युवक से कहा "हाँ वे पाप तो है लेकिन उन से मन भी बहलता है और क्या पता उस मठ को उनसे भी कोई लाभ पहुंचे । महंत ने शतरंज की एक बिसात बिछाई और युवक को शतरंज की एक बाजी खेलने को कहा । सब खेल शुरू होने वाला था महंत ने उस युवक को कहा कि देखो " हम शतरंज की एक बाजी खेलेंगे और अगर मैं हार गया तो मैं इस मठ को हमेशा के लिए छोड़ दूंगा और तुम मेरा स्थान ले लोगे ।" युवक ने देखा महंत वास्तव में गंभीर था तो युवक के लिए अब ये बाजी जिन्दगी और मौत का सवाल बन गयी थी क्योंकि वो मठ में रहना चाहता था इसलिए उसे ये था कि मैं हार न जाऊ ।

युवक के माथे से दबाव साफ जाहिर हो रहा था और उसके माथे से पसीना भी चू रहा था । वंहा मौजूद सही लोगो के लिए अब ये शतरंज का बोर्ड पृथ्वी की धुरी की तरह हो गया था । महंत ने खराब शुरुआत की । युवक ने कई कठोर चले चली लेकिन उसने क्षण भर के लिए महंत के चेहरे को देखा । फिर जानबूझकर खराब खेलने लगा । अचानक ही महंत ने बिसात ठोकर मरकर जमीन पर गिरा दी । महंत ने कहा " तुम्हे जितना सिखाया गया था तुम उस से कंही ज्यादा जानते हो । तुमने अपना पूरा ध्यान जीतने पर लगाया और अपने सपनों के लिए लड़ सकते हो । फिर तुम्हारे भीतर करूणा जाग उठी और तुमने भले कार्य के लिए त्याग करने का निश्चय कर लिया ।"

महंत के जारी रखते हुए कहा " तुम्हारा इस मठ में स्वागत है क्योंकि तुम जानते हो कि कैसे अनुशाशन और करुणा में सामजस्य स्थापित किया जा सकता है इसलिए तुम कर सकते हो ।"

2

कैसे कौए हुए काले

एक बार की बात है । एक ऋषि ने एक कौवे को अमृत की तलाश में भेजा लेकिन कौवे को ये चेतावनी भी दी कि केवल अमृत के बारे में पता करना है उसे पीना नहीं है अन्यथा तुम इसका कुफल भोगोगे । कौवे ने हामी भर दी और उसके बाद सफेद कौवे ने ऋषि से विदा ली ।

एक साल के कठोर परिश्रम के बाद कौवे को आखिर अमृत के बारे में पता चल गया । वह इसे पीने की लालसा रोक नहीं पाया और इसे पी लिया जबकि ऋषि ने उसे कठोरता से उसे नहीं पीने के लिए पाबंद किया था । सो उसने ऐसा कर ऋषि को दिया अपना वचन तोड़ दिया ।

पीने के बाद उसे पछतावा हुआ और उसने वापिस आकर ऋषि को पूरी बात बताई तो ऋषि ये सुनते ही आवेश में आ गये और कौवे को शाप दे दिया और कहा क्योंकि तुमने अपनी अपवित्र चोंच से अमृत की पवित्रता को नष्ट किया है इसलिए आज के बाद पूरी मानवजाति तुमसे घृणा करेगी और सारे पंछियों में केवल तुम होंगे जो सबसे नफरत भरी नजरो से देखे जायेंगे । किसी अशुभ पक्षी की तरह पूरी मानवजाति हमेशा तुम्हारी निंदा करेगी ।

और चूँकि अमृत का पान किया है इसलिए तुम्हारी स्वाभाविक मृत्यु नहीं होगी । कोई बीमारी भी नहीं होगी और तुम्हे वृद्धावस्था भी नहीं आएगी । भाद्रपद के महीने के सोलह दिन तुम्हे पितरो का प्रतीक मानकर आदर दिया जायेगा । तुम्हारी मृत्यु आकस्मिक रूप से ही होगी इतना कहकर ऋषि ने अपने कमंडल के काले पानी में उसे डुबो दिया । काले रंग का बनकर कौवा उड़ गया तभी से कौवा काले रंग के हो गये ।

हालाँकि ये कहानियां लोककथाओं के रूप में प्रचलित है लेकिन फिर भी मेने अक्सर कई लेखो और मान्यताओं में किसी एक के किये कर्मा की सजा उसकी पूरी जाति को भुगतनी पड़ी हो ऐसा देखा है लेकिन मेरे विचार ये केवल काल्पनिक लेख ही होंगे क्योंकि आधुनिक युग की परिभाषा में जन्हा लोग तर्क करने की क्षमता रखते है किसी भी धारणा का अँधा अनुकरण करने से पहले ये सब पहले के जमाने में लोगो को कुछ शिक्षाओं को उनके

मानसिक स्तर पर समझाने का ये प्रयास ही रहा होगा । ऐसा हम मान सकते है ।

मानसिक स्तर पर समझाने का ये प्रयास ही रहा होगा । ऐसा हम मान सकते है ।

3

एक रुपया

एक महात्मा भ्रमण करते हुए किसी नगर से होकर जा रहे थे । मार्ग में उन्हें एक रुपया मिला । महात्मा तो वैरागी और संतोष से भरे व्यक्ति थे भला एक रूपये का क्या करते इसलिए उन्होंने यह रुपया किसी दरिद्र को देने का विचार किया कई दिन की तलाश के बाद भी उन्हें कोई दरिद्र व्यक्ति नहीं मिला ।

एक दिन वो अपने दैनिक क्रियाकर्म के लिए सुबह सुबह उठते है तो क्या देखते है एक राजा अपनी सेना को लेकर दूसरे राज्य पर आक्रमण के लिए उनके आश्रम के सामने से सेना सहित जा रहा है । ऋषि बाहर को आये तो उन्हें देखकर राजा ने अपनी सेना को रुकने का आदेश दिया और खुद आशीर्वाद के लिए ऋषि के पास आकर बोले महात्मन मैं दूसरे राज्य को जीतने के लिए जा रहा हूँ ताकि मेरा राज्य विस्तार हो सके । इसलिए मुझे विजयी होने का आशीर्वाद प्रदान करें ।

इस पर ऋषि ने काफी देर सोचा और सोचने के बाद वो एक रुपया राजा की हथेली में रख दिया । यह देखकर राजा हेरान और नाराज दोनों हुए लेकिन उन्हें इसके पीछे का प्रयोजन काफी देर तक सोचने के बाद भी समझ नहीं आया । तो राजा ने महात्मा से इसका कारण पूछा तो महात्मा ने राजा को सहज भाव से जवाब दिया कि राजन कई दिनों पहले मुझे ये एक रुपया आश्रम आते समय मार्ग में मिला था तो मुझे लगा किसी दरिद्र को इसे दे देना चाहिए क्योंकि किसी वैरागी के पास इसके होने का कोई औचित्य नहीं है ।

बहुत खोजने के बाद भी मुझे कोई दरिद्र व्यक्ति नहीं मिला लेकिन आज तुम्हे देखकर ये ख्याल आया कि तुमसे दरिद्र तो कोई है ही नहीं इस राज्य में जो सब कुछ होने के बाद भी किसी दूसरे बड़े राज्य के लिए भी लालसा रखता है । यही एक कारण है कि मैंने तुम्हे ये एक रुपया दिया है ।

राजा को अपनी गलती का अहसास हो गया और उसने युद्ध का विचार भी त्याग दिया ।

4

नागरिक का फर्ज

एक बार की बात है चीन के महान दार्शनिक कन्फ्यूशियस अपने चेलो के साथ एक पहाड़ी से गुजर रहे थे । थोड़ी दूर चलने के बाद वो एक जगह अचानक रुक गये और कन्फ्यूशियस बोले ” कंही कोई रो रहा है ” वो आवाज को लक्ष्य करके उस और बढ़ने लगे । शिष्य भी पीछे हो लिए एक जगह उन्होंने देखा कि एक स्त्री रो रही है ।

कन्फ्यूशियस ने उसके रोने का कारण पूछा तो स्त्री ने कहा इसी स्थान पर उसके पुत्र को चीते ने मार डाला । इस पर कन्फ्यूशियस ने उस स्त्री से कहा तो तुम तो यंहा अकेली हो न तुम्हारा बाकि का परिवार कंहा है ? इस पर स्त्री ने जवाब दिया हमारा पूरा परिवार इसी पहाड़ी पर रहता था लेकिन अभी थोड़े दिन पहले ही मेरे पति और ससुर को भी इसी चीते ने मार दिया था । अब मेरा पुत्र और मैं यंहा रहते थे और आज चीते ने मेरे पुत्र को भी मार दिया ।

इस पर कन्फ्यूशियस हैरान हुए और बोले कि अगर ऐसा है तो तुम इस खतरनाक जगह को छोड़ क्यों नहीं देती । इस पर स्त्री ने कहा ” इसलिए नहीं छोड़ती क्योंकि कम से कम यंहा किसी अत्याचारी का शासन तो नहीं है ।” और चीते का अंत तो किसी न किसी दिन हो ही जायेगा ।

इस पर कन्फ्यूशियस ने अपने शिष्यों से कहा निश्चित ही यह स्त्री करूणा और सहानुभूति की पात्र है लेकिन फिर भी एक महत्वपूरण सत्य से इसने हमे अवगत करवाया है कि एक बुरे शासक के राज्य में रहने से अच्छा है किसी जंगल या पहाड़ी पर ही रह लिया जाये । जबकि मैं तो कहूँगा एक समुचित व्यवस्था यह है कि जनता को चाहिए कि ऐसे बुरे शासक का जनता पूर्ण विरोध करें और सत्ताधारी को सुधरने के लिए मजबूर करे और हर एक नागरिक इसे अपना फर्ज़ समझे ।

5

चंचल मन

ये मन भी कितना चंचल है| प्रकाश की गति से भी तेज, बहुत तेज चलता है| या ये कहूँ कि दौड़ता है | इसकी चंचलता का क्या बखान करूँ, ये इस पल में तो मेरे साथ होता है और कहीं पलक झपकते ही, ये हजारों कोसों दूर किसी समुंदर में गोते लगाती मछलियों के साथ तैरता नज़र आता है| मैं कई बार इसे समझा बुझाकर वापस लेकर आती हूँ|

फिर भी मुझे बस यह एक झलक दिखाकर दोबारा धोका देकर निकल जाता है, फिर कहीं किसी दूसरी दुनिया की सैर करने के लिए| कभी ये आकाश में उड़ते परिंदे के साथ हवा के साथ अठखेलियां करता है, तो कभी हिमालय सी ऊंची पर्वत की चोटी पर खड़े होकर मुझे जीभ चिडाता नज़र आता है, कभी नेता के साथ खुद को किसी मंच पर भाषण देता हुआ गर्व महसूस करता है, तो कभी किसी फ़िल्मी कलाकार के साथ तस्वीर लेने के लिए उत्साहित होता नज़र आता है| वाकई यह मन कितना चंचल है | मना करते करते भी ना जाने कहाँ कहाँ चला जाता है|

बस इसी तरह दौड़ता हुआ आज यह मन एक छोटे से घर में जा पंहुचा | मैंने इस बार भी मना किया था इसे कि दूसरों के घरो में नहीं झाँका करते, पर इसने क्या आज तक मेरी सुनी थी जो ये आज सुनने वाला था | ये तो चल पड़ा था रोज की तरह अपने सुनहरे सफ़र की तलाश में, इसी चाह में कि शायद आज उसे इस घर से किसी के चूल्हे पर पकी मक्के की रोटी की सोंधी सी खुशबू आ जाये|

पर ये क्या था आज तो ये दौड़ता हुआ सा मन अचानक इतना विचलित कैसे हो गया, क्यों दौड़ता दौड़ता ये अचानक थम सा गया| मैंने तो इसे आज इसे अभी वापस अपनी दुनिया में आने को टोका भी न था| न ही मैंने इसे इसकी गति को विराम लगाने का कोई आदेश दिया था| फिर क्या हुआ? अचानक इतना मायूस क्यों नज़र आने लगा?

ओह ! तो आज इसने जीवन की सच्चाई देख ली| शायद ये उस घर में रुक गया जिसमें एक छोटा सा बच्चा भूख से तिलमिलाता हुआ अपनी माँ की गोद में आकर बैठा है| उसकी माँ चाहती तो है कि वो एक पल में अपने दिल के टुकड़े को दूध का कटोरा लाकर कहीं से दे दे

| लेकिन दूध तो क्या एक चावल का दाना भी तो न था उसके पास| ये मन आज गलत पते पर आ गया था शायद, मक्के की रोटी की सोंधी खुसबू सूंघने को|

उसे क्या पता था कि यहाँ मक्के की रोटी तो क्या एक मक्का का दाना भी न था। कुछ पल माँ ने अपने लाडले को समझाया और देखो माँ तो माँ होती है| उसकी प्यारी बातें उस भूख से लड़ते बच्चे को सब भूला देती हैं | एक पल तो ये सोचता है कि ऐसा क्या था जो अब ये रोता नहीं ? क्यों भूख से बिलखता नहीं? उसने उस नन्हे से बालक के मन को भी टटोलने का प्रयास किया |

पर ये क्या? ये तो इससे भी कहीं तेज गति से दौड़ रहा था | भला मेरा मन इस नन्हे बालक के मन से कहाँ कोई प्रतियोगिता जीत सकता था| ये तो परियो से बातें कर रहा था, तो कही सौरमंडल के चारों ओर चक्कर लगा लगाकर अपने दोस्तों को चिढ़ा रहा था| अरे ये क्या ये तो उन टिम टिम करते हुए तारों से बातें भी करने लगा है.| और इसके मन की गति का तो कोई तोड़ ही नहीं है |

एक पलक झपकते ही ये तो अन्तरिक्ष से सीधे समुंदर की गहराइयों तक भी पहुँच जाता है| देखो तो कैसे यह उस पांच पैर वाली अद्भुत मछली से आँख मिचोली खेलने लगा है | कितना खुश है ये तो | मेरे मन में हीनता की भावना आने लगी कि ये तो मुझसे भी ऊंची छलांगे लगाता है| ये तो मुझसे भी चोटी छोटी पर चढ़ जाता है|

लेकिन तभी अचानक ये क्या? इस नादान का मन तो किसी के घर में जाकर रुक गया | जहाँ इसके घर की तरह ही एक मिटटी का चूल्हा है| एक माँ है | और एक बेटा भी | यहाँ सब कुछ अपना सा है पर बस एक अन्तर है | यहाँ वो मिटटी के चूल्हे पर सिकती हुई मक्के की रोटी की सोंधी-सोंधी खुसबू आती है| और इस नन्हे से बालक का मन फिर से शांत, उदास और मायूस हो जाता है | और फिर मेरे मन का भी| अब इसका भी दौड़ने का मन नहीं करता, अब कही भी नहीं करता |

6

जानें समय का महत्व

जिंदगी में अभिलाषाएं, इच्छायें बहुत हैं। किन्तु इच्छायें साकार करने के लिए समय अनुकूल नहीं है , प्रतिकूल है ऐसा सभी के विचार होते है। समय का अभाव जीवन के कई स्तर पर हम महसूस करते हैं , तथा समय को पहचान नहीं पाते हैं।

प्रायः जीवन के क्षण में कई बार हम समय को महसूस करते हैं , आप सभी को कुछ बिन्दु के माध्यम से समय की पहचान करता हूँ। जिसके जरिये आप उस पल की याद कर पाएँगे, जिस क्षण आपने समय को अपने पास से गुजरते हुए देखा। लेकिन आप उस समय का उपयोग नहीं कर सके।

1. परिणाम में 1 अंक कम आ जाने से छात्र को समय का महत्व पता चल जाता है , ओर सोचता कि काश अच्छी मेहनत कर ली होती तो, आगे में बढ़ जाता।
2. यदि आप क्रिकेट देख रहे हैं, उसी समय नेट बंद हो जाये कुछ क्षण के लिए तो कोहली का छक्का भी मिस हो सकता हैं।
3. ट्रैफ़िक सिग्नल में खड़े हो जाने से व्यक्ति को सेकंड भी याद आ जाता है।
4. छात्र के 1 मिनट लेट हो जाने से उसकी स्कूल बस भी छूट जाती है।
5. आपके 1 मिनट लेट हो जाने से थिएटर का हाउस फुल हो जाता है, उस क्षण आप सोचते की काश 1 मिनट पहले आ जाता।
6. परीक्षा के समय आप सोचते हैं कि काश 5 मिनट मिल जाये तो पूरा पेपर हो जाये।
7. पेनल्टी या ब्याज का भुगतान करने पर आपको 1 दिन का भी महत्व पता चल जाता है।
8. फसल के नष्ट हो जाने से किसान को 1 सीजन का महत्व पता चलता है।
9. सेंसेक्स के प्रति क्षण चेंज के कारण , व्यक्ति के निर्णय परिवर्तित हो जाते हैं।
10. खिलाड़ी के मिनी सेकंड ध्यान हटने से जीत हार में परिवर्तित हो जाती है।

ऊपर दर्शाये गये बिंदु तो सिर्फ कुछ ही उदाहरण हैं, जो कि जीवन में उपहार स्वरूप आते -जाते हैं, फिर भी व्यक्ति समय को सही तरीके से उपयोग नहीं करता। एवं सदैव विचारों की

श्रृंखला में सोचता रहता है कि ये कार्य या पढ़ाई बाद में कर लेता हूँ।इसी प्रकार समय निरंतर अपनी गति से निकल जाता है, और हम विचार ही करते रहते हैं। समय छात्र जीवन में एक चुनौती है इसे स्वीकारना एवं उपयोग करना ही जीवन का लक्ष्य है इसलिए छात्र कैसे महसूस करे अपने समय को उनका बहुमूल्य क्षण कहाँ चला जाता है इसके लिए में एक तालिका प्रस्तुत कर रहा हूँ। आप तालिका को भर के अपने कीमती समय को जाने कि आपका कीमती समय कहा बर्बाद हो रहा।

तालिका में आप देख रहे हैं कि 24 घण्टे में से 7 घण्टे सोए , 7 घण्टे स्कूल , 2 घण्टे कोचिंग , 2 घण्टे सेल्फ स्टडी , डेली नीड में 2 घण्टे लगे। दिन भर के 24 में से अपने जब तालिका भरी तब पाया कि आप सिर्फ 20 घंटे ही सही उपयोग कर पाये। और 4 घण्टे का सही उपयोग नहीं किया, जिसका हिसाब भी याद नहीं आ रहा।

सर्वप्रथम में छात्रों से निवेदन करता हूँ कि आप इस तालिका को भरें, फिर प्रत्येक सप्ताह आंकलन करें कि एक सप्ताह में कितना समय बर्बाद हो रहा। माना कि एक सप्ताह में कुल 25 घण्टे बर्बाद हुए। यदि आप इसे सही उपयोग करते तो क्या कर सकते थे ये प्रश्न अपने मन से पूछे और दृढं संकल्प करें की नेक्स्ट सप्ताह से बर्बाद समय को कम करना है। इस प्रकार छात्र अपने जीवन में समय पर कन्ट्रोल कर सकते हैं और धीरे -धीरे प्रत्येक क्षण को बर्बाद होने से बचा सकते है।

7

संतोष का धन

पंडित श्री रामनाथ शहर के बाहर अपनी पत्नी के साथ रहते थे | एक जब वो अपने विद्यार्थिओं को पढ़ाने के लिए जा रहे थे तो उनकी पत्नी ने उनसे सवाल किया " कि आज घर में खाना कैसे बनेगा क्योंकि घर में केवल मात्र एक मुठी चावल भर ही है ?" पंडित जी ने पत्नी की और एक नजर से देखा फिर बिना किसी जवाब के वो घर से चल दिए |

शाम को वो जब वापिस लौट कर आये तो भोजन के समय थाली में कुछ उबले हुई चावल और पत्तियां देखी | यह देखकर उन्होंने अपनी पत्नी से कहा " भद्रे ये स्वादिष्ट शाक जो है वो किस चीज़ से बना है ??" मेने जब सुबह आपके जाते समय आपसे भोजन के विषय में पूछा था तो आपकी दृष्टि इमली के पेड़ की तरफ गयी थी | मैंने उसी के पतों से यह शाक बनाया है | पंडित जी ने बड़ी निश्चितता के साथ कहा अगर इमली के पत्तो का शाक इतना स्वादिष्ट होता है फिर तो हमे चिंता करने की कोई आवश्यकता ही नहीं है अब तो हमे भोजन की कोई चिंता ही नहीं रही |

जब नगर के राजा को पंडित जी की गरीबी का पता चला तो राजा ने पंडित को नगर में आकर रहने का प्रस्ताव दिया किन्तु पंडित ने मना कर दिया | तो राजा हैरान हो गया और स्वयं जाकर उनकी कुटिया में उनसे मिलकर इसका कारण जानने की इच्छा हुई | राजा उनकी कुटिया में गया तो राजा ने काफी देर इधर उधर की बाते की लेकिन वो असमंजस में था कि अपनी बात किस तरह से पूछे लेकिन फिर उसने हिम्मत कर पंडित जी से पूछ ही लिया कि आपको किसी चीज़ का कोई अभाव तो नहीं है न ??

पंडित जी हसकर बोले यह तो मेरी पत्नी ही जाने इस पर राजा पत्नी की और आमुख हुए और उनसे वही सवाल किया तो पंडित जी की पत्नी ने जवाब दिया कि अभी मुझे किसी भी तरीके का अभाव नहीं है क्योंकि मेरे पहनने के वस्त्र इतने नहीं फटे कि वो पहने न जा सकते और पानी का मटका भी तनिक नहीं फूटा कि उसमे पानी नहीं आ सके और इसके बाद मेरे हाथों की चूडिया जब तक है मुझे किसी चीज़ का क्या अभाव हो सकता है ?? और फिर सीमित साधनों में भी संतोष की अनुभूति हो तो जीवन आनंदमय हो जाता है |

राजा बड़ी श्रद्धा से उस देवी के सामने झुक गये |

8

हँसमुख सरदार

बहुत दिनों की बात है। एक बहादुर सरदार था। उसने अनेक लड़ाइयाँ लड़ी थीं और उनमें अपनी असाधारण वीरता का परिचय दिया था। वह एक मँजा हुआ तलवारबाज और कलाबाज घुड़सवार था। इतना ही नहीं, वह दिल का भी बहुत उदार था। वह सदा गरीबों और जरूरतमंद लोगों की सहायता किया करता था। असहाय लोगों की रक्षा करना वह अपना कर्तव्य समझता था। लोग उसे सच्चे दिल से प्यार करते थे। वे उसकी अच्छाइयों का गुणगान करते और उसका बहुत सम्मान करते थे। पर इस सरदार के बारे में एक रहस्य की बात थी, जो किसी को मालूम नहीं थी। यहाँ तक की उसके घनिष्ठ मित्रों तक को भी इसका पता नहीं था। सरदार बिल्कुल गंजा था। अपने गंजेपन को छिपाने के लिए वह बालों की टोपी पहना करता था। यह टोपी उसके सिर पर इस प्रकार बैठ जाती थी कि उसके गंजेपन के बारे में किसी को रंचमात्र भी शंका नहीं होती थी।

एक बार सरदार अपने कुछ मित्रों के साथ जंगल में शिकार खेलने गया। वे अपने घोड़ों को सरपट दौड़ाते जा रहे थे कि तभी अकस्मात बड़े जोरो की आँधी आई और सरदार की बालों की टोपी उड़कर दूर जा गिरी। सरदार के गंजेपन का रहस्य खुल गया।

सरदार के मित्र उसकी गंजी खोपड़ी देखकर दंग रह गए। उन्हें सपने में भी यह ख्याल नहीं था कि उनका हँसमुख सरदार गंजा है। वे ठठाकर हँस पड़े। उन्होंने कहा, "वाह, आपका सिर तो अंडे की तरह सफाचट है। आप हमेशा अपने आप को जवान साबित करते रहे और हमें बेवकूफ बनाते रहे!"

"हाँ, मैं हमेशा अपना गंजापन छिपाने का प्रयास करता रहा। पर मुझे मालूम था कि एक दिन मेरा यह राज खुलकर रहेगा। जब मेरे अपने बालों ने मेरा साथ नहीं दिया तो दूसरों के बाल मेरे सिरपर सदा के लिए कैसे रह सकते हैं?" यह कहकर सरदार हो, हो करता हुआ खिलखिलाकर हँस पड़ा। जब सरदार के मित्रों ने देखा कि वह स्वयं अपने आपपर हँस रहा है, तो वे उस पर हँसने के कारण बहुत शर्मिंदा हुए। उन्होंने सरदार से कहा, "सरदार, आप वाकई बहुत दिलदार हैं।"

शिक्षा -जो अपने पर हँस सकता है, वह कभी हँसी का पात्र नहीं बन सकता।

9

बाजीराव पेशवा और किसान

बाजीराव पेशवा मराठा-सेना के प्रधान सेनापति थे। एक बार वे अनेक लड़ाइयों मे विजय हासिल करके अपनी सेना सहित राजधानी लौट रहे थे। रास्ते में उन्होंने मालवा में अपनी सेना का पड़ाव डाला। बहुत दूर से चलते-चलते आ रहे उनके सैनिक थककर चूर हो गए थे। वे भूख-प्यास से व्याकुल थे और उनके पास खाने के लिए पर्याप्त सामग्री भी नहीं थी।बाजीराव ने अपने एक सरदार को बुलाकर आदेश दिया, तुम अपने साथ सौ सैनिकों को लेकर जाओ और किसी खेत से फसल कटवाकर छावनी में ले आओ।

सरदार सेना की एक टुकड़ी लेकर गाँव की ओर चल पड़ा। रास्ते में उसे एक किसान दिखाई दिया। सरदार ने उससे कहा, देखो, तुम मुझे इस इलाके के सबसे बड़े खेतपर ले चलो। किसान उन्हें एक बहुत बड़े खेत के पास ले गया। सरदार ने सैनिकों को आदेश दिया, सारी फसल काट लो और अपने-अपने बोरों में भर लो। यह सुनकर किसान चकरा गया। उसने हाथ जोड़कर कहा, महाराज, आप इस खेत की फसल न काटें। मैं आपको एक दूसरे खेतपर ले चलता हूँ। उस खेत की फसल पककर एकदम तैयार है।

सरदार और उसके सैनिक किसान के साथ दूसरे खेत की ओर चल पड़े। यह खेत वहाँ से कुछ मीलों की दूरी पर और बहुत छोटा था। किसान ने कहा, महाराज, आपको जितनी फसल चाहिए, इस खेत से कटवा लीजिए।सरदार को किसान की इस हरकत पर बहुत गुस्सा आया। उसने किसान से पूछा, यह खेत तो बहुत छोटा हैं। फिर तुम हमें वहाँ से इतनी दूर क्यों ले आए?

किसान ने नम्रतापूर्वक उत्तर दिया, महाराज, नाराज मत होइए। वह खेत मेरा नहीं था। यह खेत मेरा है। इसीलिए मैं आपको यहाँ ले आया। किसान के जवाब से सरदार का गुस्सा ठंड़ा हो गया। वह अनाज कटवाए बिना ही पेशवा के पास पहुँचा। उसने यह बात पेशवा को बताई। पेशवा को अपनी गलती का एहसास हो गया। वे सरदार के साथ स्वयं किसान के खेत पर गए। उन्होंने किसान को उसकी फसल के बदले ढेर सारी अशरफियाँ दीं और फसल

कटवाकर छावनी पर ले आए।
शिक्षा -नम्रता का परिणाम हमेशा अच्छा होता है।

10

चार मित्र

एक गाँव में चार मित्र रहते थे। उनमें से तीन बहुत ही विद्वान थे। पर वे व्यावहारिक ज्ञान की दृष्टि से एकदम कोरे थे। चोथा मित्र पढ़ा-लिखा तो कम था, पर वह व्यावहारिक ज्ञान में माहिर था। एक बार चारों मित्र अपना-अपना भाग्य आजमाने राजधानी की ओर चल पड़े। रास्ते में एक जंगल आया।

वहाँ उन्हें एक पेड़ के नीचे कुछ हड्डियाँ दिखाई दी। उनमें से एक व्यक्ति ने उन हड्डियों का निरक्षण करते हुए कहा, ये हड्डियाँ किसी शेर की हैं। इन हड्डियों को एकत्र कर मैं अपनी विद्या से मरे हुए शेर का कंकाल तैयार कर सकता हूँ।

दूसरे विद्वान ने कहा, मैं अपने ज्ञान के बल से उस कंकाल पर मांस चढ़ा कर एवं रक्त से भरकर उसे खाल से ढक सकता हूँ।

तीसरे विद्वान ने कहा, मैं अपनी विद्या से इस निर्जीव प्राणी को जीवित कर सकता हूँ।

व्यावहारिक ज्ञान में माहिर चैथे मित्र को अपने तीनों मित्रों की बातें सुनकर बड़ा आश्चर्य हुआ। उसने अपने विद्वान मित्रों को सावधान करते हुए कहा, मित्रो, शेर को जीवित करना खतरे से खाली नहीं होगा।यह सुनकर पहले विद्वान ने कहा, अरे, यह तो मूर्ख है! इस बेवकूफ को हमारे ज्ञान से ईष्र्या हो रही है।

दोनो विद्वान मित्रों ने भी उसका समर्थन किया। यह देखकर वह समझदार व्यक्ति दौड़कर एक पेड़ पर चढ़ गया। तीनों विद्वान मित्रों ने अपने-अपने ज्ञान का प्रयोग करना शुरू कर दिया।

पहले विद्वान ने सारी हड्डियाँ एकत्र कर उसका कंकाल तैयार किया। दूसरे विद्वान ने कंकाल पर मांस चढ़ाकर वे रक्त से भरकर उसे खाल से ढक दिया। तीसरे ने अपनी विद्या का प्रयोग कर उस निर्जीव शेर में जान डाल दी। जान आते ही शेर दहाड़ता हुआ खड़ा हो गया और तीनोंपर टूट पड़ा। तीनों विद्वान वहीं ढेर हो गए।

व्यावहारिक ज्ञान एवं सूझबझ के कारण चौथे मित्र की जान बच गई।

शिक्षा -ज्ञान का अव्यावहारिक उपयोग बड़ा ही खतरनाक होता है।

11

भूत नाशक बाबा

यह कहानी एक भयानक जंगल की है जो मैंने उनके घर वालों से सुनी है!जिसके साथ यह घटना हुई है!माधोपुर से लेकर श्योपुर तक फैले इस जंगल मैं न जाने कितने भयानक जानवर और भूत आत्मायें रहती हैं. इस बार मैं श्योपुर रक्षाबंधन पर दीदी का यहाँ पर गया था!वहां के लोग उस जंगल के बारे मैं बताते रहते हैं कि इस जंगल मैं आत्माएं भूत-प्रेत रहते हैं!तो मुझे तो वेसे भी भूत-प्रेतों पर विश्वाश है शायद आप लोगों को भी हो! तो मैं 15 अगस्त को अपने जीजा जी के कॉलेज गया था! वहां के लोग उन्हें आचार्य जी कहते थे.15 अगस्त का प्रोग्राम खत्म होते ही हम लोग जाने ही वाले थे की वहां के पडोसी ने उन्हें घर पर चाय पीने को बुलाया तब हम लोग उनके घर चाय पीने गए ऐसे ही बातें हो रही थी!

तब उन्होंने अपनी आप बीती कहानी बताई कि अभी कुछ दिनों पहले मेरे बेटे राजीव के साथ ऐसी घटना घटी है!की आप को क्या बताएं राजीव के पिताजी ने बताया की एक दिन मेरी तबियत खराब हो गयी थी!तब मैंने राजीव को जंगल से बकरियों के लिए चारा लाने के लिए भेज दिया था! . राजीव वेसे तो कभी कभी जंगल जाता था पर वो हमेशा काम से जी चुराता था!पर आज उसे मजबूरी मैं जंगल जाना पड़ा वो रास्ते मैं चलता गया उसे कहीं भी पास मैं चारा नहीं मिला क्योंकि पास के सारे पेड़ तो पहले से ही बकरियों के लिए काट चुके थे!वो जंगल के और अंदर चला गया वो घने जंगल मैं पहुँच गया!जहाँ पर बहुत पास-पास पेड़ खड़े हुए थे!पेड़ इतने घने थे कि आसमान तो नजर ही नहीं आ रहा था!

बरसात का टाइम था अच्छी बरसात हो गयी थी तो पूरा जंगल हरा भरा हुआ था!पत्थरों पर पानी ऐसे बह रहा था जैसे साफ़ कोई झरना बह रहा हो!पहाड़ों से नीचे की और आता हुआ पत्थरों पर साफ़ पानी बह रहा था वहां पर इतनी शीतलता थी की उसकी देखते ही थकान दूर हो गयी उसने सोचा की पहले मैं थोडा आराम कर लूं फिर मैं पत्तियां काट कर घर चला जाऊँगा थोड़ी देर ही हुई थी उसे सोये हुए उसने सपना देखा कि वह चारे के चक्कर मैं बहुत दूर आ गया है और वह रास्ता भूल गया है!

उसने सपने मैं देखा कि उसके सामने कोई खड़ा है उसकी शक्ल देखते ही उसकी आंखें खुल गयी और वह डर गया अब उसे और ज्यादा डर लगने लगा अब चारा तो काट रहा था!पर वह सपने की बात याद करके बहुत घबराया हुआ था! उधर सूरज भी ढलने वाला था!उसके हाथ दूर-दूर तक किसी की भी आवाज सुनाई नहीं दे रही थी!वह जल्दी जल्दी पत्तियां काट ही रहा था की उसे आपस मैं बातें करते हुए एक आवाज सुनाई दी उसने सोचा कोई आदमी होगा तो मैं उसी के साथ घर चला जाऊँगा उसने जल्दी से पत्तियां बांधीऔर वह आवाज आ रही थी उधर की ओर चल दिया पास पर उसने यह ध्यान नहीं किया की वो आया किधर से है और किधर जा रहा है!

वह उल्टा जंगल मैं घुसता चला गया आवाज और साफ़ सुनाई देने लगी तो वह ओर आगे बढ़ा उसने देखा कि दो लोग आपस मैं बातें कर रहे हैं और उनकी पीठ दिखाई दे रही है उसने उनके पास जाकर बोला क्या तुम मुझे घर जाने का कोई छोटा रास्ता बता सकते हो इतना उसने कहते ही वो दो लोग उसके सामने से ऐसे फुर्र हुए कि वहां कोई था भी या नहीं उनके गायब होते ही उसके पशीने छूट गए और वह बेहोश हो गया जब उसे होश आया तो वह क्या देखता है कि वो सपने वाला आदमी उसके सामने खड़ा है बड़ी-बड़ी लाल आंखें दांत बहार निकले हुए ऊपर से नीचे तक इतना भयानक कि वह डर गया और पागल सा होकर भागने लगा उसने देखा कि एक भालू उसकी ओर भागता हुआ आया और उसके ऊपर झपटा उसे लगा कि अब नहीं बचने वाला उसके तो होश ही उड़ गए वह एक दम बैठ गया और वह भालू ऊपर से निकल के नीचे गिरते ही वह आदमी बन गया उसके गाल पिचके हुए हाथ टेढ़े ओर पैर उलटे यह लम्बी दाड़ी ओर दांत होठ कटकर बहार निकले हुए राजीव तो बस उसे देख रहा था पर उसके होश ठिकाने नहीं थे!वह वहीं पर गिर पड़ा इधर घर वालों को चिंता हो रही थी कि अँधेरा हो गया राजीव अभी तक क्यों नहीं आया उसके बड़े भाई ने कहा कि अभी आता ही होगा सब लोग जब इंतज़ार करके थक चुके थे रात के १० बज चुके थे! अब उसके भाई को लगा शायद कुछ तो गड़बड़ है!कुछ लोगो ने कहा चलो ढूँढ़ते है .

क्या पता इतने बड़े जंगल मैं कहाँ क्या हो गया होगा सब लोग लाठी भाले टार्च लेकर उसे ढूँढने निकल पड़े उसका भाई अपाहिज था वह एक पैर से चलता था!इसलिए उसके पिताजी ने कहा बेटा तू यहीं रह अपनी माँ ओर बहन के पास हम लोग जाते हैं कुछ खबर होगी तो हम बताएँगे पूरी रात जंगल मैं ढूँढ़ते हुए हो गयी पर उसका कुछ नहीं पता चला जहाँ तक वो लोग जाते थे वहां तक सारा जंगल छान मारा मगर राजीव का कोई पता नहीं सब लोगों ने कहा कि अभी घने जंगल मैं जाना ठीक नहीं है!अभी सुबह होते ही चलेंगे अभी ४ बजे है अभी एक घंटे मैं सुबह हो जाएगी सब लोगों ने वहीं बैठ कर सुबह का इंतज़ार करने लगे थोड़ी देर बाद सुबह हो गयी सब लोगो ने कहा चलो अब चलते हैं सब लोग चल दिए आवाज लगते हुए राजीव-राजीव पर राजीव बिचारे की भूख-प्यास के मारे वो हालत हो गयी थी की वह सुध-बुध खो बैठा था!उसे अब यह नहीं पता की मैं कहाँ पर हूँ!दो दिन हो गए राजीव का कहीं पता नहीं चला अब सब लोग परेशान थे!उधर राजीव का भाई बहुत ब्याकुल था बेचारा कुछ कर

तो नहीं सकता था!

वह जाकर अपने सामने खड़े हुए नीम के पेड़ के नीचे गड्डा खोदने लगा और कहने लगा मेरा भाई आएगा-मेरा भाई आएगा वह कहे जा रहा था!दोस्तों उस नीम पर वह रोज सुबह दूध चढाते थे!उसे अपने देवता का निवास मानते थे इधर उसके भाई की पुकार सुन के उनके देवता निकल पड़े!उधर रात हो गयी थी और राजीव को उन भूतों ने घेर रखा था भाई वह खुद बता रहा था!भाई क्या बताऊँ उस रात की बातें याद करके मैं अभी भी डर जाता हूँ वहां पर इतने भूत एक साथ मैंने क्या किसी ने सपने मैं भी नहीं देखे होंगे किसी की गर्दन अलग कोई बिना आँख कान कोई डांचा मेरे चारों तरफ तांडव कर रहे थे!मैं कभी जिन्दगी मैं सोच नहीं सकता की ऐसा दिन भी आएगा!ऐसी तरह-तरह की आवाजें निकाल रहे थे सारा जंगल उनकी आवाज से गूँज रहा था!

मुझे लग रहा था की मैं अब बचने वाला नहीं हूँ!लगता हैं यह लोग मुझे मार डालेंगे मैं तो इतना डरा हुआ था की मैं रो रहा था!कि अचानक घोड़े के पैरों कि आवाज आई सब लोग इक्दुम शांत हो गए!इन सब लोगों ने आस तोड़ दी कि अब हमे राजीव नहीं मिलेगा सब लोग वापिस आ गए सारे घर मैं मातम सा छा गया इधर किसी ने कहा कि किसी भगत को बुलाओ और पता कराओ कि वो अभी तक जिन्दा है कि नहीं वो लौट आएगा कि नहीं!एक आदमी वहां के भगत को बुलाने चला गया!उधर राजीव के देवता वहां पर पहुंचे हाथ मैं तलवार घोड़े पर सवार उनको देखते ही सारे भूतभागने लगे उन्होंने एक- एक को पकड़ पकड़ के ऐसे मारा जैसे कोई हीरो फिल्म मैं एक योद्धा सब को काट देता है जैसे ही उनकी तलवार उनकी गर्दन पर पड़ती वह मिट्टी मैं मिल जाते यह सब राजीव अपनी आँखों से देख रहा था!

तब उस घुड़सवार ने कहा कि तुम अब चिंता मत करो मैं आ गया हूँ और सुबह तक कोई तुम्हें लेने आ जायेगा अब तुम बेफिक्र होकर सो जाओ उनके आने से मेरा सारा डर खत्म हो गया और मैं आराम से सो गया!इधर भगत जी आये उन्होंने अपना ध्यान लगाकर देखा और कहा कि तुम्हारा लड़का सही सलामत है! और कल आ जायेगा तुम्हें चिंता करने कि कोई जरूरत नहीं है वहां पर तुम्हारे देवता पहले ही वहां पहुँच चुके हैं!और राजीव का भाई अभी वहीं पर बैठा है और कहे जा रहा है मेरा भाई आएगा!वह किसी की भी बात नहीं मान रहा है जो भी उसे वहां से उठाने को जाता वो उसे धकेल देता था!

सुबह उसकी आँख खुली तो वहां पर एक आदमी ने उसे पुछा की तुम कहाँ से आये हो और कहाँ जाना है मैं तुम्हें तुम्हारे घर पहुंचा देता हूँ और वह अपनी साईकिल पर बिठा कर उसे उसके घर छोड़ दिया घर वालों को देखकर वो ऐसा रोया कि वह बेहोश हो गया तीन दिन का भूखा प्यासा कमजोर हो गया था!फिर उसे अस्पताल ले गए वहां वो दो-तीन दिन बाद ठीक हो गया

12

पाप किसको लगा

काशी में प्रतापमुकुट नाम का राजा राज्य करता था। उसके वज्रमुकुट नाम का एक बेटा था। एक दिन राजकुमार दीवान के लड़के को साथ लेकर शिकार खेलने जंगल गया। घूमते-घूमते उन्हें तालाब मिला। उसके पानी में कमल खिले थे और हंस किलोल कर रहे थे। किनारों पर घने पेड़ थे, जिन पर पक्षी चहचहा रहे थे। दोनों मित्र वहाँ रुक गये और तालाब के पानी में हाथ-मुँह धोकर ऊपर महादेव के मन्दिर पर गये। घोड़ों को उन्होंने मन्दिर के बाहर बाँध दिया। वो मन्दिर में दर्शन करके बाहर आये तो देखते क्या हैं कि तालाब के किनारे राजकुमारी अपनी सहेलियों के साथ स्नान करने आई है। दीवान का लड़का तो वहीं एक पेड़ के नीचे बैठा रहा, पर राजकुमार से न रहा गया। वह आगे बढ़ गया। राजकुमारी ने उसकी ओर देखा तो वह उस पर मोहित हो गया। राजकुमारी भी उसकी तरफ़ देखती रही। फिर उसने किया क्या कि जूड़े में से कमल का फूल निकाला, कान से लगाया, दाँत से कुतरा, पैर के नीचे दबाया और फिर छाती से लगा, अपनी सखियों के साथ चली गयी।

उसके जाने पर राजकुमार निराश हो अपने मित्र के पास आया और सब हाल सुनाकर बोला, "मैं इस राजकुमारी के बिना नहीं रह सकता। पर मुझे न तो उसका नाम मालूम है, न ठिकाना। वह कैसे मिलेगी?"

दीवान के लड़के ने कहा, "राजकुमार, आप इतना घबरायें नहीं। वह सब कुछ बता गयी है।"

राजकुमार ने पूछा, "कैसे?"

वह बोला, "उसने कमल का फूल सिर से उतार कर कानों से लगाया तो उसने बताया कि मैं कर्नाटक की रहनेवाली हूँ। दाँत से कुतरा तो उसका मतलब था कि मैं दंतबाट राजा की बेटी हूँ। पाँव से दबाने का अर्थ था कि मेरा नाम पद्मावती है और छाती से लगाकर उसने बताया कि तुम मेरे दिल में बस गये हो।"

इतना सुनना था कि राजकुमार खुशी से फूल उठा। बोला, "अब मुझे कर्नाटक देश में ले चलो।"

दोनों मित्र वहाँ से चल दिये। घूमते-फिरते, सैर करते, दोनों कई दिन बाद वहाँ पहुँचे। राजा के महल के पास गये तो एक बुढ़िया अपने द्वार पर बैठी चरखा कातती मिली।उसके पास जाकर दोनों घोड़ों से उतर पड़े और बोले, "माई, हम सौदागर हैं। हमारा सामान पीछे आ रहा है। हमें रहने को थोड़ी जगह दे दो।"

उनकी शक्ल-सूरत देखकर और बात सुनकर बुढ़िया के मन में ममता उमड़ आयी। बोली, बेटा, तुम्हारा घर है। जब तक जी में आए, रहो। दोनों वहीं ठहर गये। दीवान के बेटे ने उससे पूछा, "माई, तुम क्या करती हो? तुम्हारे घर में कौन-कौन है? तुम्हारी गुज़र कैसे होती है?"

बुढ़िया ने जवाब दिया, "बेटा, मेरा एक बेटा है जो राजा की चाकरी में है। मैं राजा की बेटी पह्मावती की धाय थी। बूढ़ी हो जाने से अब घर में रहती हूँ। राजा खाने-पीने को दे देता है। दिन में एक बार राजकुमारी को देखने महल में जाती हूँ।"

राजकुमार ने बुढ़िया को कुछ धन दिया और कहा, "माई, कल तुम वहाँ जाओ तो राजकुमारी से कह देना कि जेठ सुदी पंचमी को तुम्हें तालाब पर जो राजकुमार मिला था, वह आ गया है।"

अगले दिन जब बुढ़िया राजमहल गयी तो उसने राजकुमार का सन्देश उसे दे दिया। सुनते ही राजकुमारी ने गुस्सा होकर हाथों में चन्दन लगाकर उसके गाल पर तमाचा मारा और कहा, "मेरे घर से निकल जा।"

बुढ़िया ने घर आकर सब हाल राजकुमार को कह सुनाया। राजकुमार हक्का-बक्का रह गया। तब उसके मित्र ने कहा, "राजकुमार, आप घबरायें नहीं, उसकी बातों को समझें। उसने देसों उँगलियाँ सफ़ेद चन्दन में मारीं, इससे उसका मतलब यह है कि अभी दस रोज़ चाँदनी के हैं। उनके बीतने पर मैं अँधेरी रात में मिलूँगी।"

दस दिन के बाद बुढ़िया ने फिर राजकुमारी को ख़बर दी तो इस बार उसने केसर के रंग में तीन उँगलियाँ डुबोकर उसके मुँह पर मारीं और कहा, "भाग यहाँ से।"

बुढ़िया ने आकर सारी बात सुना दी। राजकुमार शोक से व्याकुल हो गया। दीवान के लड़के ने समझाया, "इसमें हैरान होने की क्या बात है? उसने कहा है कि मुझे मासिक धर्म हो रहा है। तीन दिन और ठहरो।"

तीन दिन बीतने पर बुढ़िया फिर वहाँ पहुँची। इस बार राजकुमारी ने उसे फटकार कर पच्छिम की खिड़की से बाहर निकाल दिया। उसने आकर राजकुमार को बता दिया। सुनकर दीवान का लड़का बोला, "मित्र, उसने आज रात को तुम्हें उस खिड़की की राह बुलाया है।"

मारे खुशी के राजकुमार उछल पड़ा। समय आने पर उसने बुढ़िया की पोशाक पहनी, इत्र लगाया, हथियार बाँधे। दो पहर रात बीतने पर वह महल में जा पहुँचा और खिड़की में से होकर अन्दर पहुँच गया। राजकुमारी वहाँ तैयार खड़ी थी। वह उसे भीतर ले गयी।अन्दर के हाल देखकर राजकुमार की आँखें खुल गयीं। एक-से-एक बढ़कर चीजें थीं। रात-भर राजकुमार राजकुमारी के साथ रहा। जैसे ही दिन निकलने को आया कि राजकुमारी ने राजकुमार को छिपा दिया और रात होने पर फिर बाहर निकाल लिया। इस तरह कई दिन

बीत गये। अचानक एक दिन राजकुमार को अपने मित्र की याद आयी। उसे चिन्ता हुई कि पता नहीं, उसका क्या हुआ होगा। उदास देखकर राजकुमारी ने कारण पूछा तो उसने बता दिया। बोला, "वह मेरा बड़ा प्यारा दोस्त हैं बड़ा चतुर है। उसकी होशियारी ही से तो तुम मुझे मिल पाई हो।"

राजकुमारी ने कहा, "मैं उसके लिए बढ़िया-बढ़िया भोजन बनवाती हूँ। तुम उसे खिलाकर, तसल्ली देकर लौट आना।"

खाना साथ में लेकर राजकुमार अपने मित्र के पास पहुँचा। वे महीने भर से मिले नहीं। थे, राजकुमार ने मिलने पर सारा हाल सुनाकर कहा कि राजकुमारी को मैंने तुम्हारी चतुराई की सारी बातें बता दी हैं, तभी तो उसने यह भोजन बनाकर भेजा है।

दीवान का लड़का सोच में पड़ गया। उसने कहा, "यह तुमने अच्छा नहीं किया। राजकुमारी समझ गयी कि जब तक मैं हूँ, वह तुम्हें अपने बस में नहीं रख सकती। इसलिए उसने इस खाने में ज़हर मिलाकर भेजा है।"

यह कहकर दीवान के लड़के ने थाली में से एक लड्डू उठाकर कुत्ते के आगे डाल दिया। खाते ही कुत्ता मर गया।

राजकुमार को बड़ा बुरा लगा। उसने कहा, "ऐसी स्त्री से भगवान् बचाये! मैं अब उसके पास नहीं जाऊँगा।"

दीवान का बेटा बोला, "नहीं, अब ऐसा उपाय करना चाहिए, जिससे हम उसे घर ले चलें। आज रात को तुम वहाँ जाओ। जब राजकुमारी सो जाये तो उसकी बायीं जाँघ पर त्रिशूल का निशान बनाकर उसके गहने लेकर चले आना।"

राजकुमार ने ऐसा ही किया। उसके आने पर दीवान का बेटा उसे साथ ले, योगी का भेस बना, मरघट में जा बैठा और राजकुमार से कहा कि तुम ये गहने लेकर बाज़ार में बेच आओ। कोई पकड़े तो कह देना कि मेरे गुरु के पास चलो और उसे यहाँ ले आना।

राजकुमार गहने लेकर शहर गया और महल के पास एक सुनार को उन्हें दिखाया। देखते ही सुनार ने उन्हें पहचान लिया और कोतवाल के पास ले गया। कोतवाल ने पूछा तो उसने कह दिया कि ये मेरे गुरु ने मुझे दिये हैं। गुरु को भी पकड़वा लिया गया। सब राजा के सामने पहुँचे।

राजा ने पूछा, "योगी महाराज, ये गहने आपको कहाँ से मिले?"

योगी बने दीवान के बेटे ने कहा, "महाराज, मैं मसान में काली चौदस को डाकिनी-मंत्र सिद्ध कर रहा था कि डाकिनी आयी। मैंने उसके गहने उतार लिये और उसकी बायीं जाँघ में त्रिशूल का निशान बना दिया।"

इतना सुनकर राजा महल में गया और उसने रानी से कहा कि पद्मावती की बायीं जाँघ पर देखो कि त्रिशूल का निशान तो नहीं है। रानी देखा, तो था। राजा को बड़ा दुःख हुआ। बाहर आकर वह योगी को एक ओर ले जाकर बोला, "महाराज, धर्मशास्त्र में खोटी स्त्रियों के लिए क्या दण्ड है?"

योगी ने जवाब दिया, "राजन्, ब्राह्मण, गऊ, स्त्री, लड़का और अपने आसरे में रहनेवाले से कोई खोटा काम हो जाये तो उसे देश-निकाला दे देना चाहिए।" यह सुनकर राजा ने पद्‌मावती को डोली में बिठाकर जंगल में छुड़वा दिया। राजकुमार और दीवान का बेटा तो ताक में बैठे ही थे। राजकुमारी को अकेली पाकर साथ ले अपने नगर में लौट आये और आनंद से रहने लगे।

इतनी बात सुनाकर बेताल बोला, "राजन्, यह बताओ कि पाप किसको लगा है?"

राजा ने कहा, "पाप तो राजा को लगा। दीवान के बेटे ने अपने स्वामी का काम किया। कोतवाल ने राजा को कहना माना और राजकुमार ने अपना मनोरथ सिद्ध किया। राजा ने पाप किया, जो बिना विचारे उसे देश-निकाला दे दिया।"

राजा का इतना कहना था कि बेताल फिर उसी पेड़ पर जा लटका। राजा वापस गया और बेताल को लेकर चल दिया।

13

बदसूरत ऊँट

एक ऊँट था। दूसरों की निंदा करने की उसकी बुरी आदत थी। वह हमेशा दूसरे जानवरों व चिड़ियों की शक्ल-सूरत की खिल्ली उड़ाता रहता था। उसके मुँह से कभी किसी जानवर की तारीफ नही निकलती थी।गाय से वह कहता, "जरा अपनी शक्ल तो देखो! कितनी बदसूरत हो तुम! हड्डियों का ढाँचा मात्र है तुम्हारा शरीर। लगता है तुम्हारी हड्डियाँ खाल फाड़कर किसी भी क्षण बाहर निकल आएँगी।"

भैंस से वह कहता, "तुमनें तो विधाता के साथ जरुर कोई शैतानी की होगी! तभी तो उसने तुझे काली-कलूटी बनाया है। तुम्हारे टेढ़े-मेढ़े सींग तुम्हें और भी बद्सूरत बना देते है।"

हाथी को चिढ़ाता हुआ वह कहता, "तुम तो सभी जानवरों में कार्टून जैसे दिखते हो। विधाता ने मजाक के क्षणो में तुम्हे बनाया होगा। तुम्हारे शरीर के अंगों में किसी प्रकार का संतुलन नहीं है। तुम्हारा शरीर कितना विशाल है और पूँछ कितनी छोटी! तुम्हारी आँखें कितनी छोटी हैं और कान इतने बड़े सूप जैसे। तुम्हारी सूँड़, पैर और शरीर के अन्य अंगों के बारे में तो मैं बस चुप रहूँ, यही ठीक रहेगा।"

तोते से वह कहता, "तुम्हारी टेढ़ी और लाल रंग की चोंच बनाकर विधाता ने वाकई तुम्हारे साथ मजाक किया है।" इस तरह ऊँट हमेशा हर जानवर की खिल्ली उड़ाता रहता था।

एक बार ऊँट की मुलाकात एक लोमड़ी से हो गई। वह बड़ी ही मुँहफट थी और किसी को भी खरी बात सुनानें से नही हिचकती थी। ऊँट उसके बारे में उल्टा-सीधा बोलना शुरु करे, इसके पहले ही लोमड़ी नें कहा, "अरे ऊँट, तू लोगों के बारे में उल्टी-सीधी बातें करने की अपनी गंदी आदत छोड़ दे। जरा अपनी शक्ल-सूरत तो देख। तुम्हारा लंबा चेहरा, पत्थर जैसी तुम्हारी आँखें, पीले-पीले गंदे दाँत, टेढ़े-मेढ़े भद्दे पैर और तुम्हारी पीठ पर यह भद्दा सा कूबड़। सभी जानवरों में सबसे बदसूरत तू ही है। दूसरे जानवरो में तो एक-दो खामियाँ है। पर तुम में तो बस खामियाँ ही खामियाँ हैं।"

लोमड़ी की खरी-खरी बात सुनकर ऊँट का सिर शर्म से झुक गया। वह चुपचाप वहाँ से खिसक गया।

शिक्षा -दूसरों की कमियाँ ढूँढ़ने के पहले अपनी कमियों पर नजर ड़ालिए।

14

खरगोश और उसके मित्र

एक खरगोश था। उसके अनेक मित्र थे। वह हमेशा अपने मित्रों से मिलता और उनके साथ गपशप भी करता। हौके-मौके वह उनकी मद्द भी करता। मगर एक दिन खरगोश खुद संकट में पड़ गया। कुछ शिकारी कुत्ते उसका पीछा करने लगे। यह देखकर खरगोश जान बचाने के लिए सरपट भागने लगा। भागते-भागते खरगोश का दम फूलने लगा। वह थककर चूर हो गया। मौका देखकर वह एक घनी झाड़ी में घुस गया और वहीं छिपकर बैठ गया। पर उसे यह डर सता रहा था कि कुत्ते किसी भी क्षण वहाँ आ पहुँचेंगे और सूँघते-सूँघते उसे ढूँढ़ निकालेंगे। वह समझ गया कि यदि समय पर उसका कोई मित्र न पहुँच सका, तो उसकी मृत्यु निश्चित है।

तभी उसकी नजर अपने मित्र घोड़े पर पड़ी। वह रास्ते पर तेजी से दौड़ता हुआ जा रहा था।खरगोश नें घोड़े को बुलाया तो घोड़ा रुक गया। उसने घोड़े से प्रार्थना की, "घोड़े भाई, कुछ शिकारी कुत्ते मेरे पीछे पड़े हुए हैं। कृपया मुझे अपनी पीठ पर बिठा लो और कहीं दूर ले चलो। अन्यथा ये शिकारी कुत्ते मुझे मार झालेंगे।

घोड़े नें कहा, "प्यारे भाई! मैं तुम्हारी मद्द तो जरुर करता, पर इस समय मैं बहुत जल्दी में हूँ। वह देखो तुम्हारा मित्र बैल इधर ही आ रहा है। तुम उससे कहो। वह जरुर तुम्हारी मद्द करेगा।" यह कहकर घोड़ा तेजी से सरपट दौड़ता हुआ चला गया।खरगोश ने बैल से प्रार्थना की, बैल दादा, कुछ शिकारी कुत्ते मेरा पीछा कर रहे हैं। कृपया आप मुझे अपनी पीठ पर बिठा ले और कहीं दूर ले चले। नहीं तो कुत्ते मुझे मार झालेंगे।बैल ने जवाब दिया,"भाई खरगोश! मैं तुम्हारी मद्द जरुर करता। पर इस समय मेरे कुछ दोस्त बड़ी बेचैनी से मेरा इंतजार कर रहे होंगे। इसलिए मुझे वहाँ जल्दी पहुँचना है। देखो, तुम्हारा मित्र बकरा इधर ही आ रहा है। उससे कहो, वह जरुर तुम्हारी मद्द करेगा। यह कहकर बैल भी चला गया।"

खरगोश ने बकरे से विनती की, "बकरे चाचा, कुछ शिकारी कुत्ते मेरा पीछा कर रहे हैं। तुम मुझे अपनी पीठ पर बिठाकर कहीं दूर ले चलो, तो मेरे प्राण बच जाएँगे। वरना वे मुझे मार झालेंगे।"

बकरे ने कहा, "बेटा, मैं तुम्हें अपनी पीठ पर दूर तो ले जाऊँ, पर मेरी पीठ खुरदरी है। उस पर बैठने से तुम्हारे कोमल शरीर को बहुत तकलीफ होगी। मगर चिंता न करो। देखो, तुम्हारी दोस्त भेड़ इधर ही आ रही है। उससे कहोगे तो वह जरुर तुम्हारी मद्द करेगी।" यह कहकर बकरा भी चलता बना।खरगोश ने भेड़ से भी मद्द की याचना की, पर उसने भी खरगोश से बहाना करके अपना पिंड छुड़ा लिया।

इस तरह खरगोश के अनेक पुराने मित्र वहाँ से गुजरे। खरगोश ने सभी से मद्द करने की प्रार्थना की, पर किसी ने उसकी मद्द नहीं की। सभी कोई न कोई बहाना कर चलते बने। खरगोश के सभी मित्रो ने उसे उसके भाग्य के भरोसे छोड़ दिया। खरगोश ने मन-ही-मन कहा, अच्छे दिनों में मेरे अनेक मित्र थे। पर आज संकट के समय कोई मित्र काम नहीं आया। मेरे सभी मित्र केवल अच्छे दिन के ही साथी थे।थोड़ी देर में शिकारी कुत्ते आ पहुँचे। उन्होंने बेचारे खरगोश को मार डाला। अफसोस की बात है कि इतने सारे मित्र होते हुए भी खरगोश बेमौत मारा गया।

शिक्षा -स्वार्थी मित्र पर विश्वास करने से सर्वनाश ही होता है।

15

चुहिया की बेटी का विवाह

एक चुहिया को एक सुंदर कन्या थी। वह अपनी बेटी का विवाह सबसे शक्तिशाली व्यक्ति से करना चाहती थी। बहुत सोच-विचार करने पर उसे लगा कि भगवान सूर्य उसकी कन्या के लिए उपयुक्त वर साबित होंगे।चुहिया सूर्य भगवान के पास गई। उसने कहा, "सूर्य देवता, क्या आप मेरी सुंदर कन्या से विवाह करेंगें? क्या उसे आप अपनी पत्नी के रूप में पसंद करेंगें?"

सूर्य भगवान ने कहा,चुहिया चाची, आपने मुझे अपनी बेटी के योग्य वर समझा, इसके लिए मैं आपका आभारी हूँ। पर मैं सबसे ज्यादा शक्तिशाली नहीं हूँ। मुझसे शक्तिशाली तो वरुण देवता हैं। वे अपने बादलों से मुझे ढक देते हैं।अतः चुहिया जल के देवता के पास गई और बोली,"वरुण देवता, क्या आप मेरी सुंदर कन्या से विवाह करेंगे? क्या उसे आप अपनी पत्नी के रूप में अपनाएँगे?"

वरुण देवता ने जवाब दिया, देखो देवी, आपने मुझे अपनी बेटी के योग्य वर समझा, इसके लिए मैं आपका बहुत आभारी हूँ। पर मैं सबसे ज्यादा शक्तिशाली नहीं हूँ। मुझसे अधिक शक्तिशाली तो वायु देवता हैं। वे मेरे बादलों को दूर-दूर तक उड़ा ले जाते हैं।"इसलिए चुहिया चाची वायु देवता के पास गई और कहने लगी, "वायु देवता, क्या आप मेरी सुन्दर कन्या से विवाह करेंगे? क्या आप मेरी बेटी को अपनी पत्नी के रूप में स्वीकार करेंगे?" वायु देवता ने कहा, "चाची आपने मुझे अपनी बेटी के योग्य वर समझा, इसके लिए मैं आपका बहुत आभारी हूँ। पर मैं सबसे ज्यादा शक्तिशाली नहीं हूँ। मुझसे अधिक शक्तिशाली तो पर्वतराज हैं। वे मेरे मार्ग में खड़े हो जाते हैं और मुझे रोक देते हैं। मैं चाहे कितनी ही ताकत लगाऊँ पर पर्वतराज को अपने रास्ते से नहीं हटा पाता।

तब चुहिया चाची पर्वतराज के पास गई उनसे बोली, पर्वतराज, "क्या आप मेरी सुन्दर कन्या से विवाह करेंगे? क्या आप मेरी बेटी को अपनी पत्नी के रूप में स्वीकार करेंगे?" पर्वतराज ने कहा, "चाची, आपने मुझे अपनी बेटी के योग्य वर समझा, इसके लिए मैं आपका बहुत आभारी हूँ। पर मैं सबसे अधिक शक्तिशाली नहीं हूँ। मुझसे ज्यादा शक्तिशाली तो

जो मूषकराज(चूहों के राजा) हैं। वे और उनके साथी मेरे चट्टानी शरीर में बड़े-बड़े बिल खोदकर मुझे खोखला कर ड़ालते हैं।अंत में चुहिया चाची मूषकराज के पास गई और बोली, "मूषकराज, क्या आप मेरी सुन्दर बेटी से विवाह करेंगे? क्या आप उसे अपनी पत्नी के रूप में स्वीकार करेंगे?"

मूषकराज यह सुनकर बहुत प्रसन्न हुए। उन्होंने कहा,"हाँ, मैं आपकी बेटी से अवश्य विवाह करूँगा। तब गाजे-बाजे के साथ धूमधाम से चुहिया की बेटी और मूषकराज का विवाह संपन्न हुआ।"

शिक्षा -दूर के ढोल सुहावने लगते हैं।

16

बीरबल और बेईमान अधिकारी

एक दिन बादशाह अकबर के एक अधिकारी ने कड़ाके की ठंडी में एक गरीब आदमी से शर्त लगाई। उसने गरीब आदमी से कहा, "यदि तुम तालाब के ठंडे पानी में रातभर खड़े रहो, तो मैं तुम्हें पचास अशर्फियाँ दूँगा। गरीब आदमी को पैसे की बहुत जरूरत थी।" इसलिए उसने यह शर्त मान ली।

दूसरे दिन शाम को उस गरीब आदमी ने तालाब के पानी में प्रवेश किया और पूरी रात पानी में ठिठुरता हुआ खड़ा रहा। अधिकारी ने उस पर निगरानी रखने के लिए पहरेदारों को लगा दिया था। प्रातःकाल होने पर पहरेदारों ने अधिकारी को बताया कि बेचारा गरीब आदमी पूरी रात ठिठुरता हुआ तालाब के पानी में खड़ा रहा था। पर अधिकारी की नीयत में खोट थी। वह उस गरीब को पचास अशर्फियाँ देना नहीं चाहता था। जब वह गरीब आदमी अपना इनाम पाने के लिए अधिकारी के पास पहुँचा, तो उसने उससे पूछा, "क्या तालाब के पास कोई दीपक जल रहा था?"

हाँ, सरकार, गरीब आदमी ने जवाब दिया।

"क्या तुमने उस दीपक की ओर देखा था?"अधिकारी ने पूछा।

"हाँ, सरकार, मैं रातभर उसी को देखता रहा।" गरीब आदमी ने कहा। "अच्छा, तो यह बात है!" अधिकारी ने कहा, "तुम रातभर तालाब के पानी में इसलिए खड़े रह सके, क्योंकि तुम्हें उस दीपक से गर्मी मिलती रही।इसलिए तुम्हें इनाम माँगने का कोई अधिकार नहीं है। भाग जाओ!" इस प्रकार अधिकारी ने उस गरीब को डाँटकर भगा दिया।

गरीब आदमी इससे बहुत दुःखी हुआ। वह सहायता के लिए बीरबल के पास पहुँचा। बीरबल ने बड़े ध्यान से उसकी बात सुनी। उन्होंने उसे ढाढ़स बँधाते हुए कहा,"चिंता मत करो मित्र। मैं तुम्हें न्याय अवश्य दिलाऊँगा।" बीरबल के आश्वासन पर वह अपने घर चला गया।दूसरे दिन बीरबल दरबार में नहीं गए। अकबर ने बीरबल का पता लगाने के लिए अपने सेवकों को उनके घर भेजा। सेवकों ने वापस आकर बादशाह से कहा, "महराज, बीरबल ने

कहा है कि वे खिचड़ी पकाने मे व्यस्त हैं। खिचड़ी पकते ही वे दरबार में हाजिर हो जाएँगे।"

काफी समय बीत गया, पर बीरबल नहीं आए। बादशाह ने बीरबल को बुलाने के लिए दूसरे सेवक भेजे। उन्होंने भी लौट का वही संदेश दिया, जो पहलेवालों ने दिया था। बीरबल का विचित्र जवाब सुनकर बादशाह को बहुत आश्चर्य हुआ। वे स्वयं बीरबल के घर पहुँच गए। बीरबल के घर के अहाते का दृश्य देखकर बादशाह चकित रह गए। बीरबल ने जमीनपर आग जला रखी थी और तीन ऊँचे बाँसों पर एक मिट्टी की हँड़िया बँधी हुई थी।

बादशाह ने कहा, "बीरबल, यह क्या बेवकूफी है? जमीन पर जल रही आग की आँच इतने ऊपर टंगी हँड़िया तक कैसे पहुँच सकती है. बीरबल ने जवाब दिया, "महाराज, यदि तालाब के पानी में खड़ा आदमी तालाब के पास के दीपक से गर्मी प्राप्त कर सकता है, तो जमीनपर जल रही आग की आँच से ऊपर बँधी यह हँड़िया क्यों नहीं गर्मी पा सकती?"

बादशाह ने बीरबल से कहा, "बीरबल पहेलियाँ मत बुझाओ। साफ-साफ कहो बात क्या है?" तब बीरबल ने बादशाह को बताया कि किस तरह उनके अधिकारी ने एक गरीब आदमी से शर्त लगाई थी और अब इनाम देने से वह मुकर रहा है।बादशाह अकबर ने तुरंत अधिकारी तथा गरीब आदमी को बुलाया। दोनों पक्षों की बात सुनकर बादशाह ने उस अधिकारी को आदेश दिया, "तुम शर्त हार गए हो! इसलिए इसी वक्त इस आदमी को पचास अशर्फियाँ दे दो।"

अधिकारी को बादशाह का आदेश मानना पड़ा। उसने गरीब आदमी को तुरंत पचास अशर्फियाँ दे दीं। उस गरीब आदमी ने बादशाह और बीरबल का लाख-लाख शुक्रिया अदा किया।

शिक्षा -जैसे को तैसा।

17

शेखचिल्ली और खुरपा

एक बार घरवालों ने शेखचिल्ली को घास खोदने के लिए जंगल भेज दिया। दोपहर तक उसने एक गट्ठर घास खोद ली और गट्ठर उठाकर घर चला आया। घरवाले बड़े खुश हुए। पहली बार शेखचिल्ली ने कोई काम किया था। परंतु जब कई घंटे बीच गए तब शेखचिल्ली को याद आया कि घास खोदने के लिए जिस खुरपे को वह ले गया था, वह तो वहीं रह गया है, जहाँ उसने घास खोदी थी।

तेज धूप में पड़ा-पड़ा खुरपा गर्म हो गया था। चिल्ली ने चिलचिलाती धूप में पड़ा हुआ अपना गर्म तवे-सा तपता खुरपा मूठ से पकड़ा लेकिन मूठ भी गर्म हो चुकी थी। शेखचिल्ली घबरा गया। अरे खुरपे को तो बुखार चढ़ गया है। मन-ही-मन चिल्ली मुस्कुराता हुआ हकीम साहब के पास पहुंचा और बोला, हकीम साहब, हमारे खुरपे को बुखार हो गया है। जरा दवाई दे दीजिए। हकीम साहब समझ गए कि शेखचिल्ली शरारत कर रहा है।

उन्होंने वैसा ही उत्तर दिया, अरे हाँ, वाकई इसे तो बुखार है। जाओ जल्दी से इसे रस्सी से बाँधकर कुएँ में लटकाकर डुबकी लगवा दो। तब भी बुखार न उतरे तो इसे मेरे पास ले आना। शेखचिल्ली चला गया। शेखचिल्ली ने रस्सी ने खुरपा बाँधा और उसे कुएँ में लटकाकर खूब गोते लगवाया। थोड़ी देर बाद उसने उसे ऊपर खींचा। खुरपा ठंडा हो चुका था। चिल्ली ने हकीम साहब को धन्यवाद दिया। संयोगवश एक दिन हकीम साहब के दूर की एक रिश्तेदार को तेज बुखार हो गया था। वह बूढ़ी उन्हीं से अक्सर दवाई लेने आती थी। वह शेखचिल्ली के पड़ोस में रहती थी।

चिल्ली ने देखा कि तेज बुखार से तपती हुई उस सत्तर वर्ष की बुढ़िया को लोग हकीम साहब के पास ले जाना चाहते हैं। शेखचिल्ली को शरारत सूझी। उसने हकीम साहब को बताया हुआ नुस्खा उन्हें बताते हुए कहा कि, हकीम साहब जो वहाँ बताएँगे, मैं यहीं बताए देता हूँ। दादीजान को तेज बुखार है।

यह गरम खुरपे-सी तप रही है। इसका सबसे अच्छा इलाज यह है कि इन्हें किसी कुएँ या तालाब में खूब अच्छी तरह डुबकी लगवाओ। बुखार नाम की चीज सदा के लिए दूर हो

जाएगी। यह तरकीब मुझे हकीम साहब ने खुद बताई थी। लोगों ने शेखचिल्ली की बात मान ली और बुढ़िया को एक पीढ़े पर बैठाकर रस्सियों से बाँधकर कुएँ में लटका दिया। कुएँ के पानी में बुढ़िया को खूब डुबकियाँ लगवाई गईं। कई डुबकियाँ लगवाने के बाद जब बुढ़िया को बाहर निकाला गया तो वह ठंडी पड़ चुकी थी। उसके प्राण-पखेरू उड़ गए थे।

लोग शेखचिल्ली पर बिगड़ उठे। बुढ़िया के घरवालों ने गुस्से में कहा, तुमने तो दादीजान को मार ही दिया। शेखचिल्ली बोला, मियाँ, मैंने केवल बुखार की गारंटी ली थी। अच्छी तरह देख लो, बुखार उतर गया है या नहीं। हकीम साहब का नुस्खा गलत नहीं है। यह उन्हीं की बताई हुई तरकीब है। खुद जाकर पूछ लो। तरकीब गलत होती तो इस बुढ़िया का बुखार न उतरता। लोग हकीम साहब के पास गए। हकीम साहब से पूछा गया तो उन्होंने चिल्ली के खुरपे के बुखार वाली बात बताते हुए कहा कि उन्होंने गर्म खुरपे को ठंडा करने के लिए चिल्ली को तरकीब बताई थी। बुढ़िया को बुखार था। उसे पानी में नहीं डुबाना चाहिए था। वह इंसान थी, खुरपा नहीं। शेखचिल्ली पर इस घटना के कारण घरवालों की बहुत डाँट पड़ी।.

18

शेखचिल्ली ससुराल में

शेखचिल्ली नाम का एक लड़का रहता था। उसकी माँ बहुत गरीब थी। शेखचिल्ली का पिता मर चूका था। उसकी माँ बेचारी किसी तरह शेखचिल्ली को पालती-पोसती थी। शेखचिल्ली स्वभाव से नटखट तो था ही, साथ ही वह बेवकूफ़ भी था। उसकी बेवकूफी के कारण उसकी माँ को बहुत से उलाहने सुनने पड़ते थे।अंत में एक दिन ऊबकर उसने शेखचिल्ली को घर से निकाल दिया। शेखचिल्ली घर से निकल कर पड़ोस के एक दूसरे गाँव में चला गया। वहां उसने एक झोंपड़ी बनायी और रहने लगा। उसका स्वभाव बहुत ही खुशदिल था इसलिये गाँव के लोग उसके मित्र हो गए। उन्होंने उसकी बड़ी मदद दी और उसका रोटी-पानी का खर्च चलने लगा।

उसकी जिन्दादिली गाँव के मुखिया की लड़की रजिया उस पर आशिक हो गई। गाँव के कुछ नौजवान भी शेखचिल्ली के हिमायती थे। उन्होंने एक दिन दवाव डालकर मुखिया की लड़की रजिया से उसकी शादी करा दी। शेखचिल्ली को शादी में दान-दहेज़ में बहुत कुछ रूपये तथा जेवरात भी मिले। शेखचिल्ली अपनी औरत तथा शादी में मिले हुए रूपये और जेवरात लेकर अपने गाँव वापिस लौट आया। गाँव में लौटकर शेखचिल्ली अपनी माँ से मिला तथा बोला-माँ देख। मैंने मुखिया की लड़की से शादी कर ली है।

शेखचिल्ली की माँ ने देखा की बेटा बगल के गाँव बाले मुखिया की लड़की से शादी कर लाया है। उसकी माँ ने यः भी देखा की शेखचिल्ली दहेज़ में बहुत-सी दौलत तथा समान इत्यादि ले आया है, तो वह मन ही मन बहुत खुश हो गई। परन्तु वह जानती थी कि शेखचिल्ली एक बिलकुल बेकार लड़का है। इस्कू पैसा कमाने का कोई भी हुनर मालुम नहीं। इसलिये वह कहने लगी-बेटा तू महालानतो आदमी है। तेरे किये कुछ भी होने का नहीं।

यह सुनकर शेखचिल्ली ने कहा-माँ मैंने इतना बड़ा काम किया है। क्या यह कम है? उसकी माँ ने कहा-बेटा यह बिल्ली के भाग्य से छींका टूट गया है। तू अगर अपने मन से जान-बूझकर कोई काम करे और उसमें कोई तरक्की करके चार पैसे कमाकर ला सके तो मैं जानू। तू मुझे बुढापे में सुख नहीं दे सकता। यह सुनकर शेखचिल्ली ने कहा-माँ तू ऐसा मत

बोल मैं वक़्त आने पर तेरे लिये कुछ कर सकता हूं।

इसी तरह कुछ और वक़्त बीत गया। उसकी औरत नैहर चली गयी और एक साल बीत गया। एक दिन उसने ससुराल जाने की ठान ली। माल से पुचा-अम्मीजान मेरी ससुराल कहाँ है? मुझे उसका पता बताओ, ताकि मैं वहां एक बार हो आऊं मैं भूल गया हूँ। इस पर उसकी माँ ने कहा-बेटा तुझमे अक्ल तो है ही नहीं। इसलिये अगर मैंने पता बताया तो तू भूल जाएगा। इसलिये मेरी बात का ख़याल रखे तो सीता अपने ससुराल पहुँच जाएगा। यह कहकर उसने कहा-बेटा तू सीधा अपनी नाक की सीध में चले जाना, कहीं से इधर-उधर मुड़ना नहीं, बस सीधे अपनी ससुराल पहुँच जाएगा। यह सुनकर शेखचिल्ली सीधन ससुराल को चल दिया।

चलते चलते उसकी माँ ने कहा बेटा जो साग सत्तू घर में था मैंने बाँध दिया है। यह पोटली लेता जा और बूख लगने पर यही साग-सत्तू खा लेना। शेखचिल्ली अपने घर से चलकर सीधा अपने नाक की सीध में रवाना हुआ। वह जब अपने घर से सीधा मैदान में दो तीन कोस निकल आया, तो सामने एक दरख्त पडा। उसने सोचा-माँ ने नाक की सीध में चलने को कहा था। यह सोचकर वह पेड़ पर चढ़ गया और फिर दूसरी तरफ से उतर फिर नाक की सीच में रवाना हुआ। आगे चलने पर उसे एक नदी मिली। उसने उस नदी को बड़ी मुश्किल से पार किया और आगे चल पड़ा। इसी प्रकार चलता हुआ वह आखिरकार अपनी ससुराल आ पहुंचा।

ससुराल पहुँचने पर उसकी भली-भाँती खातिरदारी की जाने लगी। परन्तु उसने साग-सत्तू छोड़कर कुछ भी खाना स्वीकार न किया, क्योंकि उसकी माँ ने ऐसा ही कहा था। रात को बचा-खुचा साग-सत्तू खाकर सो रहा। रात्रि को उसे भूक सताने लगी। अब वह क्या करे? आखिर भूक से ऊबकर वह बहार निकल आया और मैदान में एक दरख्त के नीचे लेट गया। उस पेड़ पर मधुमखियों का एक बहुत बड़ा छत्ता था। छत्ता मधु से इतना ज्यादा भरा हुआ था की उसमें से रात को मधु टपकता था। शेखचिल्ली जब उस वृक्ष के नीचे लेटा। तो ऊपर से उसके बदन पर मधु टपकने लगा।

मधु की कुछ बूंदे उसके मूंह में टपकीं तो बह उसे चाटने लगा और बड़ा खुश हुआ। कुछ बूंदे उसके बदन पर भी टपकती रहीं और वह परेशान होकर इधर-उधर करवटें बदलता रहा। शेखचिल्ली बेवकूफ़ तो था ही। उसे इस बात का पता नहीं लग सका की आधिर पेड़ पर से क्या चीज उसके बदन पर टपकती है। निदान लाचार होकर वह वहां से उठा और घर के भीतर घुसकर एक कोठरी में जाकर सो रहा। उस कोठरी के अंदर घुनी हुई रूई राखी हुई थी। शेखचिल्ली को नर्म-नर्म रूई मिली तो उसी में आराम के साथ जाकर सो रहा। उसके बदन के चारों और शहद तो लिप्त हुआ था ही, अब धुनी हुए रूई उसी के साथ बदन भर में चारों और चिपक गयी और उसका बदन और उसकी शक्ल अजीब किस्म की हो गयी। सुबह हुई तो शेखचिल्ली की औरत कुछ रूई निकालने उस कोठरी में घुशी। तब तक शेखचिल्ली जाग उठा था। उसको ऐसे रूप में देखकर उसकी औरत चीख उठी उसने हिम्मत बांधकर पुछा तुम कौन हो? शेखचिल्ली ने जोर से डांट कर कहा-चुप ,

वह बहार भागी और अपनी माँ से जाकर कहा-अम्मा उस रूई वाली कोठरी में चुप घुस आया है। उसकी शक्ल बहुत भयानक है। यह सुनकर उसकी माँ ने पड़ोसियों को इकट्ठा किया। कई लोग उस कोठरी में घुसे। शेखचिल्ली को देखकर सबने पूछा- तुम कौन हो?

शेखचिल्ली ने फिर चिल्लाकर कहा-चुप

अब तो उसका ऐसा रूप देखकर सबकी सिट्टी-पिट्टी गम हो गयी। सब समझे चुप नाम की कोई भयानक बला घर में घुस आई है। उसे निकालने के लिये किसी सयाने को बुलाना चाहिए। कई एक ओझा मौलवी बुलाए गए। सबने कितने ही मंत्र-जंत्र किए मगर वह चुप नाम की बला नहीं मिकली। आखिर हार कर मौलवियों ने सलाह दी कि आप लोग यह मकान खाली करके किसी दूसरे में चले जाइए, वरना वह बला आप लोगों का सत्यानाश कर देगी। शेखचिल्ली के ससुराल वालों ने यह मकान खाली कर दिया और दूसरे मकान में चले गए। शेखचिल्ली को अवसर मिल गया और वह रात्री के समय उस कोठरी से निकल कर बाहर की ओर भागा।

रास्ते में कुछ चोर दिखाई पड़े। आगे एक किसान के बहुत से भेड़ वगैरह बंधे थे। शेखचिल्ली चोरों के दर के मरे उन्हीं भेड़ बकरियों के बीच जा घुसकर बैठ गया। उधर वे चोर भी उसी तरफ आ पहुंचे। चोरों ने केई एक भेड़ों को चुरा लिया। उन्हीं में शेखचिल्ली ने को भी रूई से लिपटा हुआ देख कोई दुम्बा भेड़ समझकर साथ लेकर भाग चले। भागते-भागते वे नदी के किनारे आ पहुंचे। इतने में सुबह होने लगी। उन्होंने सब भेड़ों को जमीन पर पटक दिया। यह देखकर शेखचिल्ली ने कहा- मुझे थोड़ा धीरे से पटकना। उसकी आवाज सुनकर चोरों की नानी मर गई।

उन्होंने समझा कि यह कोई भेड़ के रूप में भयानक बला है जो कि इस तरह बोलती है। उन्होंने शेखचिल्ली को पानी में फ़ेंक दिया और भाग चले। उधर पानी में शहद घुल जाने के कारण शेखचिल्ली के बदन पर चिपकी हुई रूई साफ़ हो गई उसने बदन मल मल कर स्नान किया और सुबह होते ही ससुराल आया। दूसरे मकान में जाकर अपने ससुर को मिला और पूछा- आपने मकान क्यों छोड़ दिया।

ससुर ने कहा- मेरे मकान में कोई चुप नाम की बला घुस गई है। शेखचिल्ली ने झूठ-मूठ जाकर कोई मंत्र पढ़ दिया और फिर कहा-वह बाला चली गई। आखिर सब लोग उसी मकान में चले आए। शेखचिल्ली की बड़ी खातिरदारी हुई। वह ससुआल में ही रहने लगा। एक दिन उसने ससुर से कहा- मैं कोई कारोबार करना चाहता हूँ। मुझे एक गाडी बनवा दीजिये। दिन में लकडियाँ काटूंगा और गाडी में लाद कर बाजार में बेचूंगा। ससुर ने एक बैलगाड़ी बनवा दी। शेख्चिल्ली ने जंगल से लकडियाँ लाने के लिये बैलगाड़ी जोती, बैलगाड़ी लेकर वह चला तो कुछ आगे जाकर गाडी जंगल में चर्र चूं चर्र चूं की आवाज करने लगी। शेखिचली ने सोचा-यह मेरे कारोबार का पहला दिन है और यह गाडी साली अपशकुन कर रही है। आरे की मदद से गाडी को काटकर टुकडे-टुकडे कर दिया तथा उसे वहीं फैंक-फांक कर आगे लकड़ी काटने चल दिया।

शेखचिल्ली एक मोटा पेड़ देखकर उसी पर चढ़ गया। एक बहुत ही मोटी डाल पर जा बैठा और कुल्हाड़ी से काटकर जब थक गया तो आरा हाथ में उठाकर उसी से उसने उस डाल को काटना शुरू किया। इतने में एक आदमी नीचे गुजरा। उसने जब शेखचिल्ली को डाल काटते देखा तो ठहर गया। गौर से देखने पर उसको मालूम हुआ कि शेखचिल्ले उसी डाल को डाट रहा था जिस पर कि वह बैठा हुआ है। उसने कहा-अरे मूर्ख तू जिस डाल पर बैठा है उसी को काट रहा है। इस तरह तू डाल के साथ-साथ खुद भी नीचे गिर जाएगा। शेखचिल्ली ने कहा- अरे जा जा मैं भला जमीन पर कैसे गिर सकता हूँ। वह आदमी वहीं तहर गया। थोड़ी देर में डाल कट गई और डाल के साथ-साथ शेखचिल्ली भी नीचे आ गिरा।

तब शेखचिल्ली उसको कहने लगा-आप तो बहुत बड़े आदमी मालूम होते हैं। मुझे यह तो बताइये कि मैं कब मरूँगा?

इस पर उस आदमी ने कहा-मैं यह सब नहीं जानता मगर शेखचिल्ली कहाँ छोड़ने वाला था। उसने उसका पीछा पकड़ लिया तो उसने छुड़ाने के लिये कहा-तू आज शाम को मर जाएगा। यह कहकर वह आदमी तो चला गया। अब शेखचिल्ली ने सोचा कि मुझे आज शाम को मर ही जाना है तो अच्छा है कि पहले से ही कब्र के अंदर लेट जाऊं ताकि मेरे मरने के बाद मेरे रिश्तेदारों को कब्र खोदनी न पड़े।

ऐसा सोचकर वह उसी जंगल में एक गड्ढा खोदकर उसमें लेट रहा। उसी तरफ से एक आदमी जा रहा था। उसके पास एक मटका था। वह आवाज लगाता जा रहा था कि अगर कोई इस मटके को मेरे घर तक पहुंचा दे तो मैं उसे दो पैसे दूंगा। यह सुनकर शेखचिल्ली झटपट कब्र के अंदर से उठकर खडा हुआ और कहने लगा-लाओ मैं तुम्हारा मटका ले चलता हूँ।

यह सुनकर उस आदमी ने वह मटका शेखचिल्ली के हवाले किया। शेखचिल्ली उसे लेकर चल पडा। रास्ते में यह सोचता जा रहा था कि मुझे उसकी मजदूरी के दो पैसे मिलेंगे। दो पैसे का एक अंडा खरीदूंगा उसे अंडे से मुर्गी पैदा होगी। उस एक मुर्गी से बहुत सी मुर्गियां पैदा होंगी। उन मुर्गियों को बेचकर एक बकरी खरीद लूंगा। बकरी से बहुत सी बकरियां होंगी उन बकरियों को बेचकर एक गाय खरीदूंगा। उस गाय से बहुत सी गायें पैदा होंगी। उन्हें बेचकर घोडी से बहुत सी घोड़ियाँ पैदा होंगी। उन सबको बेचकर बहुत से रूपये मिलेंगे। तब मैं अपना मकान बनाऊंगा।

फिर एक घोड़े पर बैठकर बाजार में सैर करने निकालूँगा। फिर कारोबार करके बहुत सी दौलत पैदा करूंगा। फिर घर में ठाठ से शाम को बैठक में हुक्का गुद्गुदौंगा, औरत बच्चों को मेरे पास खाना खाने के लिये भेजेगी। उस वक्त मैं हुक्का गुडगुडाते हुए जोरों से सिर हिलाकर कहूंगा-अभी खाना नहीं खाउंगा।

शेखचिल्ली ने ज्योंही अपने ख्यालों में जोरों से सिर हिलाया कि वह मटका सिर पर से गिरकर फूट गया और अंदर का सारा सामान मिट्टी में गिरकर खराब हो गया। इस अपर उस आदमी ने शेखचिल्ली की अच्छी खासी मरम्मत की। शेखचिल्ली का सपना टूट गया।

19

अपमान का बदला

तेनालीराम ने सुना था कि राजा कृष्णदेव राय बुद्धिमानों व गुणवानों का बड़ा आदर करते हैं। उसने सोचा, क्यों न उनके यहाँ जाकर भाग्य आजमाया जाए। लेकिन बिना किसी सिफारिश के राजा के पास जाना टेढ़ी खीर थी। वह किसी ऐसे अवसर की ताक में रहने लगा। जब उसकी भेंट किसी महत्वपूर्ण व्यक्ति से हो सके।इसी बीच तेनालीराम का विवाह दूर के नाते की एक लड़की मगम्मा से हो गया। एक वर्ष बाद उसके घर बेटा हुआ। इन्हीं दिनों राजा कृष्णदेव राय का राजगुरु मंगलगिरि नामक स्थान गया। वहाँ जाकर रामलिंग ने उसकी बड़ी सेवा की और अपनी समस्या कह सुनाई।

राजगुरु बहुत चालाक था। उसने रामलिंग से खूब सेवा करवाई और लंबे-चौड़े वायदे करता रहा। रामलिंग अर्थात तेनालीराम ने उसकी बातों पर विश्वास कर लिया और राजगुरु को प्रसन्न रखने के लिए दिन-रात एक कर दिया। राजगुरु ऊपर से तो चिकनी-चुपड़ी बातें करता रहा, लेकिन मन-ही-मन तेनालीराम से जलने लगा।उसने सोचा कि इतना बुद्धिमान और विद्वान व्यक्ति राजा के दरबार में आ गया तो उसकी अपनी कीमत गिर जाएगी। पर जाते समय उसने वायदा किया-'जब भी मुझे लगा कि अवसर उचित है, मैं राजा से तुम्हारा परिचय करवाने के लिए बुलवा लूँगा।' तेनालीराम राजगुरु के बुलावे की उत्सुकता से प्रतीक्षा करने लगा, लेकिन बुलावा न आना था और न ही आया।

लोग उससे हँसकर पूछते, 'क्यों भाई रामलिंग, जाने के लिए सामान बाँध लिया ना?' कोई कहता, 'मैंने सुना है कि तुम्हें विजयनगर जाने के लिए राजा ने विशेष दूत भेजा है।' तेनालीराम उत्तर देता-'समय आने पर सब कुछ होगा।' लेकिन मन-ही-मन उसका विश्वास राजगुरु से उठ गया।तेनालीराम ने बहुत दिन तक इस आशा में प्रतीक्षा की कि राजगुरु उसे विजयनगर बुलवा लेगा। अंत में निराश होकर उसने फैसला किया कि वह स्वयं ही विजयनगर जाएगा। उसने अपना घर और घर का सारा सामान बेचकर यात्रा का खर्च जुटाया और माँ, पत्नी तथा बच्चे को लेकर विजयनगर के लिए रवाना हो गया।

यात्रा में जहाँ कोई रुकावट आती, तेनालीराम राजगुरु का नाम ले देता, कहा, 'मैं उनका शिष्य हूँ।' उसने माँ से कहा, 'देखा? जहाँ राजगुरु का नाम लिया, मुश्किल हल हो गई। व्यक्ति स्वयं चाहे जैसा भी हो, उसका नाम ऊँचा हो तो सारी बाधाएँ अपने आप दूर होने लगती हैं। मुझे भी अपना नाम बदलना ही पड़ेगा।राजा कृष्णदेव राय के प्रति सम्मान जताने के लिए मुझे भी अपने नाम में उनके नाम का कृष्ण शब्द जोड़ लेना चाहिए। आज से मेरा नाम रामलिंग की जगह रामकृष्ण हुआ।बेटा, मेरे लिए तो दोनों नाम बराबर हैं। मैं तो अब भी तुझे राम पुकारती हूँ, आगे भी यही पुकारूँगी।' माँ बोली।

कोडवीड़ नामक स्थान पर तेनालीराम की भेंट वहाँ के राज्य प्रमुख से हुई, जो विजयनगर के प्रधानमंत्री का संबंधी था। उसने बताया कि महाराज बहुत गुणवान, विद्वान और उदार हैं, लेकिन उन्हें कभी-कभी जब क्रोध आता है तो देखते ही देखते सिर धड़ से अलग कर दिए जाते हैं। 'जब तक मनुष्य खतरा मोल न ले, वह सफल नहीं हो सकता। मैं अपना सिर बचा सकता हूँ।तेनालीराम के स्वर में आत्मविश्वास था। राज्य प्रमुख ने उसे यह भी बताया कि प्रधानमंत्री भी गुणी व्यक्ति का आदर करते हैं, पर ऐसे लोगों के लिए उनके यहाँ स्थान नहीं है, जो अपनी सहायता आप नहीं कर सकते। चार महीने की लंबी यात्रा के बाद तेनालीराम अपने परिवार के साथ विजयनगर पहुँचा। वहाँ की चमक-दमक देखकर तो वह दंग ही रह गया।चौड़ी-चौड़ी सड़कें, भीड़भीड़, हाथी-घोड़े, सजी हुई दुकानें और शानदार इमारतें- यह सब उसके लिए नई चीजें थी।' उसने कुछ दिन ठहरने के लिए वहाँ एक परिवार से प्रार्थना की। वहाँ अपनी माँ, पत्नी और बच्चे को छोड़कर वह राजगुरु के यहाँ पहुँचा। वहाँ तो भीड़ का ठिकाना ही नहीं था।

राजमहल के बड़े-से-बड़े कर्मचारी से लेकर रसोइया तक वहाँ जमा थे। नौकर-चाकर भी कुछ कम न थे। तेनालीराम ने एक नौकर को संदेश देकर भेजा कि उनसे कहो तेनाली गाँव से राम आया है। नौकर ने वापस आकर कहा, 'राजगुरु ने कहा है कि वह इस नाम के किसी व्यक्ति को नहीं जानते। तेनालीराम बहुत हैरान हुआ। वह नौकरों को पीछे हटाता हुआ सीधे राजगुरु के पास पहुँचा, 'राजगुरु आपने मुझे पहचाना नहीं? मैं रामलिंग हूँ, जिसने मंगलगिरि में आपकी सेवा की थी।' राजगुरु भला उसे कब पहचानना चाहता था। उसने नौकरों से चिल्लाकर कहा, 'मैं नहीं जानता, यह कौन आदमी है, इसे धक्के देकर बाहर निकाल दो।'

नौकरों ने तेनालीराम को धक्के देकर बाहर निकाल दिया। चारों ओर खड़े लोग यह दृश्य देखकर ठहाके लगा रहे थे। उसका कभी ऐसा अपमान नहीं हुआ था। उसने मन-ही-मन फैसला किया कि राजगुरु से वह अपने अपमान का बदला अवश्य लेगा। लेकिन इससे पहले राजा का दिल जीतना जरूरी था।दूसरे दिन वह राजदरबार में जा पहुँचा। उसने देखा कि वहाँ जोरों का वाद-विवाद हो रहा है। संसार क्या है? जीवन क्या है? ऐसी बड़ी-बड़ी बातों पर बहस हो रही थी। एक पंडित ने अपने विचार प्रकट करते हुए कहा, 'यह संसार एक धोखा है। हम जो देखते-सुनते हैं, महसूस करते हैं, चखते या सूँघते हैं, केवल हमारे विचार में है। असल में

यह सब कुछ नहीं होता, लेकिन हम सोचते हैं कि होता है।'

'क्या सचमुच ऐसा है?'तेनालीराम ने कहा। 'यही बात हमारे शास्त्रों में भी कही गई है।' पंडितजी ने थोड़ी ऐंठ दिखाते हुए हैरान होकर पूछा। और सब लोग चुप बैठे। शास्त्रों ने जो कहा, वह झूठ कैसे हो सकता है।लेकिन तेनालीराम शास्त्रों से अधिक अपनी बुद्धि पर विश्वास करता था। उसने वहाँ बैठे सभी लोगों से कहा, 'यदि ऐसी बात है तो हम क्यों न पंडितजी के इस विचार की सच्चाई जाँच लें। हमारे उदार महाराज की ओर से आज दावत दी जा रही है, उसे हम जी भरकर खाएँगे। पंडितजी से प्रार्थना है कि वह बैठे रहें और सोचें कि वह भी खा रहे हैं।'

तेनालीराम की बात पर जोर का ठहाका लगा। पंडितजी की सूरत देखते ही बनती थी कि महाराज तेनालीराम पर इतने प्रसन्न हुए कि उसे स्वर्णमुद्राओं की एक थाली भेंट की और उसी समय तेनालीराम को राज विदूषक बना दिया। सब लोगों ने तालियाँ बजाकर महाराज की इस घोषणा का स्वागत किया, उनमें राजगुरु भी था।

20

कीमती उपहार

लड़ाई जीतकर राजा कृष्णदेव राय ने विजय उत्सव मनाया। उत्सव की समाप्ति पर राजा ने कहा- 'लड़ाई की जीत अकेले मेरी जीत नहीं है-मेरे सभी साथियों और सहयोगियों की जीत है। मैं चाहता हूँ कि मेरे मंत्रिमंडल के सभी सदस्य इस अवसर पर पुरस्कार प्राप्त करें। आप सभी लोग अपनी-अपनी पसंद का पुरस्कार लें। परंतु एक शर्त है कि सभी को अलग-अलग पुरस्कार लेने होंगे। एक ही चीज दो आदमी नहीं ले सकेंगे।' यह घोषणा करने के बाद राजा ने उस मंडप का पर्दा खिंचवा दिया, जिस मंडप में सारे पुरस्कार सजाकर रखे गए थे। फिर क्या था! सभी लोग अच्छे-से-अच्छा पुरस्कार पाने के लिए पहल करने लगे। पुरस्कार सभी लोगों की गिनती के हिसाब से रखे गए थे।

अतः थोड़ी देर की धक्का-मुक्की और छीना-झपटी के बाद सबको एक-एक पुरस्कार मिल गया। सभी पुरस्कार कीमती थे। अपना-अपना पुरस्कार पाकर सभी संतुष्ट हो गए।अंत में बचा सबसे कम मूल्य का पुरस्कार-एक चाँदी की थाली थी।यह पुरस्कार उस आदमी को मिलना था, जो दरबार में सबके बाद पहुँचे यानी देर से पहुँचने का दंड। सब लोगों ने जब हिसाब लगाया तो पता चला कि श्रीमान तेनालीराम अभी तक नहीं पहुँचे हैं। यह जानकर सभी खुश थे।

सभी ने सोचा कि इस बेतुके, बेढंगे व सस्ते पुरस्कार को पाते हुए हम सब तेनालीराम को खूब चिढ़ाएँगे। बड़ा मजा आएगा। तभी श्रीमान तेनालीराम आ गए। सारे लोग एक स्वर में चिल्ला पड़े, 'आइए, तेनालीराम जी! एक अनोखा पुरस्कार आपका इंतजार कर रहा है।' तेनालीराम ने सभी दरबारियों पर दृष्टि डाली।सभी के हाथों में अपने-अपने पुरस्कार थे। किसी के गले में सोने की माला थी, तो किसी के हाथ में सोने का भाला। किसी के सिर पर सुनहरे काम की रेशम की पगड़ी थी, तो किसी के हाथ में हीरे की अँगूठी। तेनालीराम उन सब चीजों को देखकर सारी बात समझ गया। उसने चुपचाप चाँदी की थाली उठा ली। उसने चाँदी की उस थाली को मस्तक से लगाया और उस पर दुपट्टा ढंक दिया, ऐसे कि जैसे थाली में कुछ रखा हुआ हो।

राजा कृष्णदेव राय ने थाली को दुपट्टे से ढंकते हुए तेनालीराम को देख लिया। वे बोले, 'तेनालीराम, थाली को दुपट्टे से इस तरह क्यों ढंक रहे हो.'क्या करूँ महाराज, अब तक तो मुझे आपके दरबार से हमेशा अशर्फियों से भरे थाल मिलते रहे हैं। यह पहला मौका है कि मुझे चाँदी की थाली मिली है। मैं इस थाल को इसलिए दुपट्टे से ढंक रहा हूँ ताकि आपकी बात कायम रहे। सब यही समझे कि तेनालीराम को इस बार भी महाराज ने थाली भरकर अशर्फियाँ पुरस्कार में दी हैं।'

महाराज तेनालीराम की चतुराई-भरी बातों से प्रसन्न हो गए। उन्होंने गले से अपना बहुमूल्य हार उतारा और कहा, 'तेनालीराम, तुम्हारी आज भी खाली नहीं रहेगी। आज उसमें सबसे बहुमूल्य पुरस्कार होगा। थाली आगे बढ़ाओ तेनालीराम. तेनालीराम ने थाली राजा कृष्णदेव राय के आगे कर दी। राजा ने उसमें अपना बहुमूल्य हार डाल दिया। सभी लोग तेनालीराम की बुद्धि का लोहा मान गए। थोड़ी देर पहले जो दरबारी उसका मजाक उड़ा रहे थे, वे सब भीगी बिल्ली बने एक-दूसरे का मुँह देख रहे थे, क्योंकि सबसे कीमती पुरस्कार इस बार भी तेनालीराम को ही मिला था।

21

कुत्ते की दुम सीधी

एक दिन राजा कृष्णदेव राय के दरबार में इस बात पर गरमागरम बहस हो रही थी कि मनुष्य का स्वभाव बदला जा सकता है या नहीं। कुछ का कहना था कि मनुष्य का स्वभाव बदला जा सकता है। कुछ का विचार था कि ऐसा नहीं हो सकता, जैसे कुत्ते की दुम कभी सीधी नहीं हो सकती।राजा को एक विनोद सूझा। उन्होंने कहा, 'बात यहाँ पहुँची कि अगर कुत्ते की दुम सीधी की जा सकती है, तो मनुष्य का स्वभाव भी बदला जा सकता है, नहीं तो नहीं बदला जा सकता।' राजा ने फिर विनोद को आगे बढ़ाने की सोची, बोले, 'ठीक है, आप लोग यह प्रयत्न करके देखिए।'

राजा ने दस चुने हुए व्यक्तियों को कुत्ते का एक-एक पिल्ला दिलवाया और छह मास के लिए हर मास दस स्वर्णमुद्राएँ देना निश्चित किया। इन सभी लोगों को कुत्तों की दुम सीधी करने का प्रयत्न करना था। इन व्यक्तियों में एक तेनालीराम भी था। शेष नौ लोगों ने इन छह महीनों में पिल्लों की दुम सीधी करने की बड़ी कोशिश कीं। एक ने पिल्ले की पूँछ के छोर को भारी वजन से दबा दिया ताकि इससे दुम सीधी हो जाए। दूसरे ने पिल्ले की दुम को पीतल की एक सीधी नली में डाले रखा। तीसरे ने अपने पिल्ले की पूँछ सीधी करने के लिए हर रोज पूँछ की मालिश करवाई। छठे सज्जन कहीं से किसी तांत्रिक को पकड़ लाए, जो कई तरह से उटपटाँग वाक्य बोलकर और मंत्र पढ़कर इस काम को करने के प्रयत्न में जुटा रहा। सातवें सज्जन ने अपने पिल्ले की शल्य चिकित्सा यानी ऑपरेशन करवाया। आठवाँ व्यक्ति पिल्ले को सामने बिठाकर छह मास तक प्रतिदिन उसे भाषण देता रहा कि पूँछ सीधी रखो भाई, सीधी रखो।

नवाँ व्यक्ति पिल्ले को मिठाइयाँ खिलाता रहा कि शायद इससे यह मान जाए और अपनी पूँछ सीधी कर ले। पर तेनालीराम पिल्ले को इतना ही खिलाता, जितने से वह जीवित रहे। उसकी पूँछ भी बेजान सी लटक गई, जो देखने में सीधी ही जान पड़ती थी।छह मास बीत जाने पर राजा ने दसों पिल्लों को दरबार में उपस्थित करने का आदेश दिया। नौ व्यक्तियों ने हट्टे-कट्टे और स्वस्थ पिल्ले पेश किए। जब पहले पिल्ले की पूँछ से वजन हटाया गया

तो वह एकदम टेढ़ी होकर ऊपर उठ गई। दूसरी की दुम जब नली में से निकाली गई वह भी उसी समय टेढ़ी हो गई। शेष सातों पिल्लों की पूँछें भी टेढ़ी ही थीं।

तेनालीराम ने अपने अधमरा-सा पिल्ला राजा के सामने कर दिया। उसके सारे अंग ढलक रहे थे। तेनालीराम बोला, 'महाराज, मैंने कुत्ते की दुम सीधी कर दी है।' 'दुष्ट कहीं के!' राजा ने कहा, 'बेचारे निरीह पशु पर तुम्हें दया भी नहीं आई? तुमने तो इसे भूखा ही मार डाला। इसमें तो पूँछ हिलाने जितनी शक्ति भी नहीं है।'

महाराज, अगर आपने कहा होता कि इसे अच्छी तरह खिलाया-पिलाया जाए तो मैं कोई कसर नहीं छोड़ता। पर आपका आदेश तो इसकी पूँछ को स्वभाव के विरुद्ध सीधा करने का था, जो इसे भूखा रखने से ही पूरा हो सकता था। बिल्कुल ऐसे ही मनुष्य का स्वभाव भी असल में बदलता नहीं है। हाँ, आप उसे काल कोठरी में बंद करके, उसे भूखा रखकर उसका स्वभाव मुर्दा बना सकते हैं।

22

खूंखार घोड़ा

विजयनगर के पड़ोसी मुसलमान राज्यों के पास बड़ी मजबूत सेनाएँ थीं। राजा कृष्णदेव राय चाहते थे कि विजयनगर की घुड़सवार फौज भी मजबूत हो ताकि हमला होने पर दुश्मनों का सामना कुशलता से किया जा सके।

उन्होंने बहुत से अरबी घोड़े खरीदने का विचार किया। मंत्रियों ने सलाह दी कि घोड़ों को पालने का एक आसान तरीका यह है कि शांति के समय ये घोड़े नागरिकों को रखने के लिए दिए जाएँ और जब युद्ध हो तो उन्हें इकट्ठा कर लिया जाए।राजा को यह सलाह पसंद आ गई। उन्होंने एक हजार बढ़िया अरबी घोड़े खरीदे और नागरिकों को बाँट दिए। हर घोड़े के साथ घास, चने और दवाइयों के लिए खर्चा आदि दिया जाना भी तय हुआ। यह फैसला किया गया कि हर तीन महीनों के बाद घोड़ों की जाँच की जाएगी।

तेनालीराम ने एक घोड़ा माँगा तो उसको भी एक घोड़ा मिल गया। तेनालीराम घोड़े को मिलने वाला सारा खर्च हजम कर जाता। घोड़े को उसने एक छोटी-सी अँधेरी कोठरी में बंद कर दिया, जिसकी एक दीवार में जमीन से चार फुट की ऊँचाई पर एक छेद था। उसमें से मुट्ठी-भर चारा तेनालीराम अपने हाथों से ही घोड़े को खिला देता।

भूखा घोड़ा उसके हाथ में मुँह मार कर पल-भर में चारा चट कर जाता। तीन महीने बीतने पर सभी से कहा गया कि वे अपने घोड़ों की जाँच करवाएँ। तेनालीराम के अतिरिक्त सभी ने अपने घोड़ों की जाँच करवा ली।राजा ने तेनालीराम से पूछा, 'तुम्हारा घोड़ा कहाँ है।' 'महाराज, मेरा घोड़ा इतना खूँखार हो गया है कि मैं उसे नहीं ला सकता। आप घोड़ों के प्रबंधक को मेरे साथ भेज दीजिए। वही इस घोड़े को ला सकते हैं।' तेनालीराम ने कहा। घोड़ों का प्रबंधक, जिसकी दाढ़ी भूसे के रंग की थी, तेनालीराम के साथ चल पड़ा।

कोठरी के पास पहुँचकर तेनालीराम बोला, 'प्रबंधक, आप स्वयं देख लीजिए कि यह घोड़ा कितना खूँखार है। इसीलिए मैंने इसे कोठरी में बंद कर रखा है।''कायर कहीं के तुम क्या जानो घोड़े कैसे काबू में किए जाते हैं? यह तो हम सैनिकों का काम है।' कहकर प्रबंधक ने दीवार के छेद में से झाँकने की कोशिश की।सबसे पहले उसकी दाढ़ी छेद में पहुँची। इधर भूखे

घोड़े ने समझा कि उसका चारा आ गया और उसने झपटकर दाढ़ी मुँह में ले ली। प्रबंधक का बुरा हाल था। वह दाढ़ी बाहर खींच रहा था लेकिन घोड़ा था कि छोड़ता ही न था। प्रबंधक दर्द के मारे जोर से चिल्लाया। बात राजा तक जा पहुँची। वह अपने कर्मचारियों के साथ दौड़े-दौड़े वहाँ पहुँचे। तब एक कर्मचारी ने कैंची से प्रबंधक की दाढ़ी काटकर जान छुड़ाई।

जब सबने कोठरी में जाकर घोड़े को देखा तो उनके आश्चर्य का ठिकाना न रहा। वह तो हड्डियों का केवल ढाँचा-भर रह गया था।क्रोध से उबलते हुए राजा ने पूछा, 'तुम इतने दिन तक इस बेचारे पशु को भूखा मारते रहे?'

'महाराज, भूखा रहकर इसका यह हाल है कि इसने प्रबंधक की कीमती दाढ़ी नोंच ली। उन्हें इस घोड़े के चंगुल से छुड़ाने के लिए स्वयं महाराज को यहाँ आना पड़ा। अगर बाकी घोड़ों की तरह इसे भी जी-भरकर खाने को मिलता तो न जाने यह क्या कर डालता?' राजा हँस पड़े और उन्होंने हमेशा की तरह तेनालीराम का यह अपराध भी क्षमा कर दिया।

23

जनता की अदालत

एक दिन राजा कृष्णदेव राय शिकार के लिए गए। वह जंगल में भटक गए। दरबारी पीछे छूट गए। शाम होने को थी। उन्होंने घोड़ा एक पेड़ से बांधा। रात पास के एक गांव में बिताने का निश्चय किया। राहगीर के वेश में किसान के पास गए। कहा, "दूर से आया हूं। रात को आश्रय मिल सकता है. किसान बोला, "आओ, जो रूखा-सूखा हम खाते हैं, आप भी खाइएगा। मेरे पास एक पुराना कम्बल ही है, क्या उसमें जाड़े की रात काट सकेंगे?" राजा ने 'हां' में सिर हिलाया।

रात को राजा गांव में घूमे। भयानक गरीबी थी। उन्होंने पूछा, "दरबार में जाकर फरियाद क्यों नहीं करते?" कैसे जाएं? राजा तो चापलूसों से घिरे रहते हैं। कोई हमें दरबार में जाने ही नहीं देता।" किसान बोला। सुबह राजधानी लौटते ही राजा ने मंत्री और दूसरे अधिकारियों को बुलाया। कहा, "हमें पता चला है, हमारे राज्य के गांवों की हालत ठीक नहीं है। तुम गांवों की भलाई के काम करने के लिए खज़ाने से काफी रुपया ले चुके हो। क्या हुआ उसका।

मंत्री बोला, "महाराज, सारा रुपया गांवों की भलाई में खर्च हुआ है। आपसे किसी ने गलत कहा।" मंत्री के जाने के बाद उन्होंने तेनाली राम को बुलवा भेजा। कल की पूरी घटना कह सुनाई। तेनाली राम ने कहा, "महाराज, प्रजा दरबार में नहीं आएगी। अब आपको ही उनके दरबार में जाना चाहिए। उनके साथ जो अन्याय हुआ है, उसका फैसला उन्हीं के बीच जाकर कीजिए।"

अगले दिन राजा ने दरबार में घोषणा की-"कल से हम गांव-गांव में जाएंगे, यह देखने के लिए कि प्रजा किस हाल में जी रही है!" सुनकर मंत्री बोला, "महाराज, लोग खुशहाल हैं। आप चिन्ता न करें। जाड़े में बेकार परेशान होंगे।"

तेनाली राम बोला, "मंत्रीजी से ज्यादा प्रजा का भला चाहने वाला और कौन होगा? यह जो कह रहे हैं, ठीक ही होगा। मगर आप भी तो प्रजा की खुशहाली देखिए।" मंत्री ने राजा को आसपास के गांव दिखाने चाहे। पर राजा ने दूर-दराज के गांवों की ओर घोड़ा मोड़ दिया। राजा को सामने पाकर लोग खुल कर अपने समस्याएं बताने लगे।

मंत्री के कारनामे का सारा भेद खुल चुका था। वह सिर झुकाए खड़ा था। राजा कृष्णदेव राय ने घोषणा करवा दी- अब हर महीने कम से कम एक बार वे खुद जनता के बीच जाकर उनकी समस्याओं का समाधान करेंगे।

24

चुड़ैल की शादी

उस समय रमेश की उम्र कोई 22-23 साल थी और आप लोगों को तो पता ही है कि गाँवों में इस उम्र में लोग बच्चों के बाप बन जाते हैं मतलब परिणय-बंधन में तो बँध ही जाते हैं। हाँ तो रमेश की भी शादी हुए लगभग 4-5 साल हो गए थे और ढेढ़-दो साल पहले ही उसका गौना हुआ था। उस समय रमेश घर पर ही रहता था और अपनी एम.ए. की पढ़ाई पूरी कर रहा था। यह घटना जब घटी उस समय रमेश एक 20-25 दिन की सुंदर बच्ची का पिता बन चुका था। हाँ एक बात मैं आप लोगों को बता दूँ कि रमेश की बीबी बहुत ही निडर स्वभाव की महिला थी।

यह गुण बताना इसलिए आवश्यक था कि इरा कहानी की शुरुवात में इसकी निडरता अहम भूमिका निभाती है। एक दिन की बात है कि रमेश की बीबी ने अपनी निडरता का परिचय दिया और अपनी नन्हीं बच्ची (उम्र लगभग एक माह से कम ही) और रमेश को बिस्तर पर सोता हुआ छोड़ चार बजे सुबह उठ गई। (गाँवों में आज-कल तो लोग पाखाना-घर बनवाने लगे हैं पर 10-12 साल पहले तक अधिकतर घरों की महिलाओं को नित्य-क्रिया (दिशा-मैदान) हेतु घर से बाहर ही जाना पड़ता था और घर की सब महिलाएँ नहीं तो कम से कम दो एक साथ घर से बाहर निकलती थीं। ये महिलाएँ सभी लोगों के जगने से पूर्व ही (बहम मुहूर्त में) जगकर खेतों की ओर चली जाती थीं।) ऐसा नहीं था कि रमेश की बीबी पहली बार चार बजे जगी थी,

अरे भाई वह प्रतिदिन चार बजे ही जगती थी पर निडरता का परिचय इसलिए कह रहा हूँ कि और दिनों की तरह उसने घर के किसी महिला सदस्य को जगाया नहीं और अकेले ही दिशा मैदान हेतु घर से बाहर निकल पड़ी। (दरअसल गाँव में लड़कोरी महिला (जच्चा) जिसका बच्चा अभी 6 महीना तक का न हुआ हो उसको अलवाँती बोलते हैं और ऐसा कहा जाता है कि ऐसी महिला पर भूत-प्रेत की छाया जल्दी पड़ जाती है या भूत-प्रेत ऐसी महिला को जल्दी चपेट में ले लेते हैं। इसलिए ये अलवाँती महिलाएँ जिस घर में रहती हैं वहाँ आग जलाकर रखते हैं या कुछ लोग इनके तकिया के नीचे चाकू आदि रखते हैं।) खैर रमेश की

बीबी ने अपनी निडरता दिखाई और वह निडरता उसपर भारी पड़ी

वह अकेले घर से काफी दूर खेतों की ओर निकल पड़ी। हुआ यह कि उसी समय पंडीजी के श्रीफल (बेल) पर रहनेवाली चुड़ैल उधर घूम रही थी और न चाहते हुए भी उसने रमेश की बीबी पर अपना डेरा डाल दिया। हाँ फर्क सिर्फ इतना था कि वह पहले दूर-दूर से ही रमेश की बीबी का पीछा करती रही पर अंततः उसने अपने आप को रोक नहीं पाई और ज्यों ही रमेश की बीबी घर पहुँची उस पर सवार हो गई।

रमेश भी लगभग 5 बजे जगा और भैंस आदि को चारा देने के लिए घर से बाहर चला गया। जब वह घर में वापस आया तो अपनी बीबी की हरकतों में बदलाव देखा। उसने देखा कि उसकी बच्ची रो रही है पर उसकी बीबी आराम से पलंग पर बैठकर पैर पसारे हुए कुछ गुनगुना रही है।

रमेश एकबार अपनी रोती हुई बच्ची को देखा और दूसरी बार दाँत निपोड़ते और पलंग पर बेखौफ बैठी हुई अपनी बीबी को। उसको गुस्सा आया और उसने बच्ची को अपनी गोद में उठा लिया और अपनी बीबी पर गरजा, बच्ची रो रही है और तुम्हारे कान पर जूँ तक नहीं रेंग रही है।

अरे यह क्या रमेश की बीबी ने तो रमेश के इस गुस्से को नजरअंदाज कर दिया और अपने में ही मस्त बनी रही। रमेश का गुस्सा और बढ़े इससे पहले ही रमेश की भाभी वहाँ आ गईं और रमेश की गोदी में से बच्ची को लेते हुए उसे बाहर जाने के लिए कहा। अरे यह क्या रमेश का गुस्सा तो अब और भी बढ़ गया, उसे समझ में नहीं आ रहा था कि आज क्या हो रहा है, जो औरत (उसकी बीबी) अपने से बड़ों के उस घर में आते ही पलंग पर से खड़ी हो जाती थी वही बीबी आज उसके भाभी के आने के बाद भी पलंग पर आराम से बैठे मुस्कुरा रही है।

खैर रमेश तो कुछ नहीं समझा पर उसकी भाभी को सबकुछ समझ में आ गया और वे हँसने लगी। रमेश को अपनी भाभी का हँसना मूर्खतापूर्ण लगा और वह अपने भाभी से बोल पड़ा, अरे आपको क्या हुआ? ये उलटी-पुलटी हरकतें कर रही है और आप हैं कि हँसे जा रही हैं। रमेश के इतना कहते ही उसकी भाभी ने उसे मुस्कुराते हुए जबरदस्ती बाहर जाने के लिए कहा और यह भी कहा कि बाहर से दादाजी को बुला लीजिए।

भाभी के इतना कहते ही कि दादाजी को बुला लाइए, रमेश सब समझ गया और वह बाहर न जाकर अपनी बीबी के पास ही पलंग पर बैठ गया। इतने ही देर में रमेश के घर की सभी महिलाएँ वहाँ एकत्र हो गई थीं और अगल-बगल के घरों के भी कुछ नर-नारी। अरे भाई गाँव में इन सब बातों को फैलते देर नहीं लगती और तो और अगर बात भूत-प्रेत की हो तो और भी लोग मजे ले लेकर हवाईजहाज की रफ्तार से खबर फैलाते हैं। हाँ तो अब मैं आप को बता दूँ कि रमेश के कमरे में लगभग 10-12 मर्द-औरतों का जमावड़ा हो चुका था और रमेश ने भी सबको मना कर दिया कि यह खबर खेतों की ओर गए दादाजी के कान तक नहीं पहुँचनी चाहिए। दरअसल वह अपने आप को लोगों की नजरों में बहुत बुद्धिमान और निडर साबित करना चाहता था।

वह तनकर अपनी बीबी के सामने बैठ गया और अपनी बीबी से कुछ जानने के लिए प्रश्नों की बौछार शुरु कर दी। रमेश, कौन हो तुम? रमेश की बीबी कुछ न बोली केवल मुस्कुराकर रह गई। रमेश ओझाओं की तरह फिर गुर्राया, मुझे ऐसा-वैसा न समझ। मैं तुमको भस्म कर दूँगा। रमेश की बीबी फिर से मुस्कुराई पर इस बार थोड़ा तनकर बोली, तुम चाहते क्या हो. बहुत सारे लोगों को वहाँ पाकर रमेश थोड़ा अकड़ेबाजों जैसा बोला, तुममत बोल। मेरे साथ रिस्पेक्ट से बातें कर। तुम्हें पता नहीं कि मैं ब्राह्मण कुमार हूँ और उसपर भी बजरंगबली का भक्त। रमेश के इतना कहते ही उसकी बीबी (चुड़ैल से पीड़ित) थोड़ा सकपकाकर बोली, मैं पंडीजी के श्रीफल पर की चुड़ैल हूँ।

अपने बीबी के मुख से इतना सुनते ही तो रमेश को और भी जोश आ गया। उसे लगने लगा कि अब मैं वास्तव में इसपर काबू पा लूँगा। वहाँ खड़े लोग कौतुहलपूर्वक रमेश और उसकी बीबी की बातों को सुन रहे थे और मन ही मन प्रसन्न हो रहे थे, अरे भाई मनोरंजन जो हो रहा था उनका। रमेश फिर बोला, अच्छा। पर तूने इसको पकड़ा क्यों? तुमके पता नहीं कि यह एक ब्राह्मण की बहू है और नियमित पूजा-पाठ भी करती है। रमेश की चुड़ैल पीड़ित बीबी बोली, मैंने इसको जानबूझकर नहीं पकड़ा। इसको पकड़ना तो मेरी मजबूरी हो गई थी। यह इस हालत में अकेले बाहर गई क्यों.

खैर अब मैं जा रही हूँ। मैं खुद ही अब अधिक देर यहाँ नहीं रह सकती। रमेश अपने बीबी की इन बातों को सुनकर बोला, क्यों क्या हुआ?डर गई न मुझसे। रमेश के इतना कहते ही फिर उसकी बीबी मुस्कुराई और बोली, तुमसे क्या डर। मैं तो उससे डर रही हूँ जो इस घर पर लटक रहा है और मुझे जला रहा है। अब उसका ताप मुझे सहन नहीं हो रहा है। (दरअसल बात यह थी कि रमेश के घर के ठीक पीछे एक पीपल का पेड़ था और गाँववाले उस पेड़ को बाँसदेव बाबा कहते थे। लोगों का विश्वास था कि इस पेड़ पर कोई अच्छी आत्मा रहती है और वह सबकी सहायता करती है।

कभी-कभी तो लोग उस पीपल के नीचे जेवनार आदि भी चढ़ाते थे। और हाँ इस पीपल की एक डाली रमेश के घर के उसी कमरे पर लटकती रहती थी जिसमें रमेश की बीबी रहती थी।)

चुड़ैल (अपनी बीबी) की बात सुनकर रमेश हँसा और बोला, जा मत यहीं रह जा। जैसे हमारी एक बीबी है वैसे ही तुम एक और। रमेश के इतना कहते ही वह चुड़ैल हँसी और बोली, यह संभव नहीं है पर तुम मुझसे शादी क्यों करना चाहते हो?

रमेश बोला, अरे भाई गरीब ब्राह्मण हूँ। कुछ कमाता-धमाता तो हूँ नहीं। तू रहेगी जो थोड़ा धन-दौलत लाती रहेगी।

रमेश के इतना कहते ही वह चुड़ैल बोली, तुम बहुत चालू है। और हाँ यह भी सही है कि हमारे पास बहुत सारा धन है पर उसपर हमारे लोगों का पहरा रहता है अगर कोई इंसान वह धन लेना चाहे तो हमलोग उसका अहित कर देती हैं। हाँ और एक बात, और वह धन तुम जैसे जीवित प्राणियों के लिए नहीं है।

रमेश अब थोड़ा शांत और शालीन स्वभाव में बोला, अच्छा ठीक है, तुम जरा कृपा करके एक बात बताओ, ये भूत-प्रेत क्या होते हैं, क्या तुमने कभी भगवान को देखा है, आखिर तुम कौन हो, क्या पहले तुम भी इंसान ही थी? चुड़ैल भी थोड़ा शांत थी और शांत थे वहाँ उपस्थित सभी लोग। क्योंकि सबलोग इन प्रश्नों का उत्तर जानना चाहते थे।

चुड़ैल ने एक गहरी साँस भरा और कहना आरंभ किया, भगवान क्या है, मुझे नहीं मालूम पर कुछ हमारे जैसी आत्माएँ भी होती हैं जिनसे हमलोग बहुत डरते हैं और उनसे दूर रहना ही पसंद करते हैं। हमलोग उनसे क्यों डरती हैं यह भी मुझे पता नहीं। वैसे हमलोग पूजा-पाठ करनेवाले लोगों के पास भी भटकना पसंद नहीं करते और मंत्रों आदि से भी डरते हैं। रमेश फिर पूछा, खैर ये बताओ कि तुम इसके पहले क्या थी? तुम्हारा घर कहाँ था, तुम चुड़ैल कैसे बन गई।

चुड़ैल ने रमेश की बातों को अनसुना करते हुए कहा, नहीं, नहीं..अब मैं जा रही हूँ। अब और मैं यहाँ नहीं रूक सकती। वे आ रहे हैं। चुड़ैल के इतना कहते ही कोई तो कमरे में प्रवेश किया और रमेश को डाँटा, रमेश। यह सब क्या हो रहा है?क्या मजाक बनाकर रखे हो?

रमेश कुछ बोले इससे पहले ही क्या देखता है कि उसकी बीबी ने साड़ी का पल्लू झट से अपने सर पर रख लिया और हड़बड़ाकर पलंग पर से उतरकर नीचे बैठ गई और धीरे-धीरे मेरी बेटी-मेरी बेटी कहते हुए रमेश की भाभी की गोद में से बच्ची को लेकर दूध पिलाने लगी। रमेश ने एक दृष्टि अपने दादाजी की ओर डाला और मन ही मन बुदबुदाया, आप को अभी आना था। सब खेल बिगाड़ दिए।आधे घंटे बाद आते तो क्या बिगड़ जाता।

25

कुरु का जन्म

कुरुवंश के प्रथम पुरुष का नाम कुरु था। कुरु बड़े प्रतापी और बड़े तेजस्वी थे। उन्हीं के नाम पर कुरुवंश की शाखाएं निकलीं और विकसित हुईं। एक से एक प्रतापी और तेजस्वी वीर कुरुवंश में पैदा हो चुके हैं। पांडवों और कौरवों ने भी कुरुवंश में ही जन्म धारण किया था। महाभारत का युद्ध भी कुरुवंशियों में ही हुआ था। किंतु कुरु कौन थे और उनका जन्म किसके द्वारा और कैसे हुआ था - वेदव्यास जी ने इस पर महाभारत में प्रकाश में प्रकाश डाला है। हम यहां संक्षेप में उस कथा को सामने रख रहे हैं। कथा बड़ी रोचक और प्रेरणादायिनी है। अति प्राचीन काल में हस्तिनापुर में एक प्रतापी राजा राज्य करता था। उस राजा का नाम सवरण था। वह सूर्य के समान तेजवान था और प्रजा का बड़ा पालक था। स्वयं कष्ट उठा लेता था, पर प्राण देकर भी प्रजा के कष्टों को दूर करता था।

सवरण सूर्यदेव का अनन्य भक्त था। वह प्रतिदिन बड़ी ही श्रद्धा के साथ सूर्यदेव की उपासना किया करता था। जब तक सूर्यदेव की उपासना नहीं कर लेता था, जल का एक घूंट भी कंठ के नीचे नहीं उतारता था। एक दिन सवरण एक पर्वत पर आखेट के लिए गया। जब वह हाथ में धनुष-बाण लेकर पर्वत के ऊपर आखेट के लिए भ्रमण कर रहा था, तो उसे एक अतीव सुंदर युवती दिखाई पड़ी। वह युवती सुंदरता के सांचे में ढली हुई थी। उसके प्रत्येक अंग को विधाता ने बड़ी ही रुचि के साथ संवार-संवार कर बनाया था। सवरण ने आज तक ऐसी स्त्री देखने की कौन कहे, कल्पना तक नहीं की थी। सवरण स्त्री पर आक्स्त हो गया, सबकुछ भूलकर अपने आपको उस पर निछावर कर दिया। वह उसके पास जाकर, तृषित नेत्रों से उसकी ओर देखता हुआ बोला, "तन्वंगी, तुम कौन हो? तुम देवी हो, गंधर्व हो या किन्नरी हो? तुम्हें देखकर मेरा चित चंचल हो उठा। तुम मेरे साथ गंधर्व विवाह करके सुखोपभोग करो।"

पर युवती ने सवरण की बातों का कुछ भी उत्तर नहीं दिया। वह कुछ क्षणों तक सवरण की ओर देखती रही, फिर अदृश्य हो गई। युवती के अदृश्य हो जाने पर सवरण अत्यधिक आकुल हो गया। वह धनुष-बाण फेंककर उन्मत्तों की भांति विलाप करने लगा, "सुंदरी ! तुम कहां चली गईं? जिस प्रकार सूर्य के बिना कमल मुरझा जाता है और जिस प्रकार पानी के बिना

पौधा सूख जाता है, उसी प्रकार तुम्हारे बिना मैं जीवित नहीं रह सकता| तुम्हारे सौंदर्य ने मेरे मन को चुरा लिया है| तुम प्रकट होकर मुझे बताओ कि तुम कौन हो और मैं तुम्हें किस प्रकार पा सकता हूं?"

युवती पुन: प्रकट हुई| वह सवरण की ओर देखती हुई बोली, "राजन ! मैं स्वयं आप पर मुग्ध हूं, पर मैं अपने पिता की आज्ञा के वश में हूं| मैं सूर्यदेव की छोटी पुत्री हूं| मेरा नाम तप्ती है| जब तक मेरे पिता आज्ञा नहीं देंगे, मैं आपके साथ विवाह नहीं कर सकती| यदि आपको मुझे पाना है तो मेरे पिता को प्रसन्न कीजिए|" युवती अपने कथन को समाप्त करती हुई पुन: अदृश्य हो गई| सवरण पुन: उन्मत्तों की भांति विलाप करने लगा| वह आकुलित होकर पृथ्वी पर गिर पड़ा और तप्ती-तप्ती की पुकार से पर्वत को ध्वनित करने लगा| सवरण तप्ती को पुकारते-पुकारते धरती पर गिर पड़ा और बेहोश हो गया| जब उसे होश आया, तो पुन: तप्ती याद आई, और याद आया उसका कथन - यदि मुझे पाना चाहते हैं, तो मेरे पिता सूर्यदेव को प्रसन्न कीजिए| उनकी आज्ञा के बिना मैं आपसे विवाह नहीं कर सकती|

सवरण की रगों में विद्युत की तरंग-सी दौड़ उठी| वह मन ही मन सोचता रहा, वह तप्ती को पाने के लिए सूर्यदेव की आराधना करेगा| उन्हें प्रसन्न करने में सबकुछ भूल जाएगा| सवरण सूर्यदेव की आराधना करने लगा| धीरे-धीरे सालों बीत गए, सवरण तप करता रहा| आखिर सूर्यदेव के मन में सवरण की परीक्षा लेने का विचार उत्पन्न हुआ|रात का समय था| चारों ओर सन्नाटा छाया हुआ था| सवरण आंखें बंद किए हुए ध्यानमग्न बैठा था| सहसा उसके कानों में किसी की आवाज पड़ी, "सवरण, तू यहां तप में संलग्न है| तेरी राजधानी आग में जल रही है|"

सवरण फिर भी चुपचाप अपनी जगह पर बैठा रहा| उसके मन में रंचमात्र भी दुख पैदा नहीं हुआ| उसके कानों में पुन: दूसरी आवाज पड़ी, "सवरण, तेरे कुटुंब के सभी लोग आग में जलकर मर गए|" किंतु फिर भी वह हिमालय-सा दृढ़ होकर अपनी जगह पर बैठा रहा, उसके कानों में पुन: तीसरी बार कंठ-स्वर पड़ा, " सवरण, तेरी प्रजा अकाल की आग में जलकर भस्म हो रही है| तेरे नाम को सुनकर लोग थू-थू कर रहे हैं|" फिर भी वह दृढतापूर्वक तप में लगा रहा| उसकी दृढ़ता पर सूर्यदेव प्रसन्न हो उठे और उन्होंने प्रकट होकर कहा, "सवरण, मैं तुम्हारी दृढ़ता पर मुग्ध हूं| बोलो, तुम्हें क्या चाहिए?"

सवरण सूर्यदेव को प्रणाम करता हुआ बोला, "देव ! मुझे आपकी पुत्री तप्ती को छोड़कर और कुछ नहीं चाहिए| कृपा करके मुझे तप्ती को देकर मेरे जीवन को कृतार्थ कीजिए|"सूर्यदेव ने प्रसन्नता की मुद्रा में उत्तर दिया, "सवरण, मैं सबकुछ जानता हूं| तप्ती भी तुमसे प्रेम करती है| तप्ती तुम्हारी है|"

सूर्यदेव ने अपनी पुत्री तप्ती का सवरण के साथ विधिवत विवाह कर दिया| सवरण तप्ती को लेकर उसी पर्वत पर रहने लगा| और राग-रंग में अपनी प्रजा को भी भूल गया|उधर सवरण के राज्य में भीषण अकाल पैदा हुआ| धरती सूख गई, कुएं, तालाब और पेड़-पौधे भी सुख गए| प्रजा भूखों मरने लगी| लोग राज्य को छोड़कर दूसरे देशों में जाने लगे| किसी देश

का राजा जब राग रंग में डूब जाता है, तो उसकी प्रजा का यही हाल होता है|

सवरण का मंत्री बड़ा बुद्धिमान और उदार हृदय का था| वह सवरण का पता लगाने के लिए निकला| वह घूमता-घामता उसी पर्वत पर पहुंचा, जिस पर सवरण तप्ती के साथ निवास करता था| सवरण के साथ तप्ती को देखकर बुद्धिमान मंत्री समझ गया कि उसका राजा स्त्री के सौंदर्य जाल में फंसा हुआ है| मंत्री ने बड़ी ही बुद्धिमानी के साथ काम किया| उसने सवरण को वासना के जाल से छुड़ाने के लिए अकाल की आग में जलते हुए मनुष्यों के चित्र बनवाए| वह उन चित्रों को लेकर सवरण के सामने उपस्थित हुआ| उसने सवरण से कहा, "महाराज ! मैं आपको चित्रों की एक पुस्तक भेंट करना चाहता हूं|"

मंत्री ने चित्रों की वह पुस्तक सवरण की ओर बढ़ा दी| सवरण पुस्तक के पन्ने उलट-पलट कर देखने लगा| किसी पन्ने में मनुष्य पेड़ों की पत्तियां खा रहे थे, किसी पन्ने में माताएं अपने बच्चों को कुएं में फेंक रही थीं| किसी पन्ने में भूखे मनुष्य जानवरों को कच्चा मांस खा रहे थे| और किसी पन्ने में प्यासे मनुष्य हाथों में कीचड़ लेकर चाट रहे थे| सवरण चित्रों को देखकर गंभीरता के साथ बोला, "यह किस राजा के राज्य की प्रजा का दृश्य है."

मंत्री ने बहुत ही धीमे और प्रभावपूर्वक स्वर में उत्तर दिया, "उस राजा का नाम सवरण है|"

यह सुनकर सवरण चकित हो उठा| वह विस्मय भरी दृष्टि से मंत्री की ओर देखने लगा| मंत्री पुन: अपने ढंग से बोला, "मैं सच कह रहा हूं महाराज ! यह आपकी ही प्रजा का दृश्य है| प्रजा भूखों मर रही है| चारों ओर हाहाकार मचा है| राज्य में न अन्न है, न पानी है| धरती की छाती फट गई है| महाराज, वृक्ष भी आपको पुकारते-पुकारते सूख गए हैं|"यह सुनकर सवरण का हृदय कांप उठा| वह उठकर खड़ा हो गया और बोला, "मेरी प्रजा का यह हाल है और मैं यहां मद में पड़ा हुआ हूं| मुझे धिक्कार है| मंत्री जी ! मैं आपका कृतज्ञ हूं, आपने मुझे जगाकर बहुत अच्छा किया|"

सवरण तप्ती के साथ अपनी राजधानी पहुंचा| उसके राजधानी में पहुंचते ही जोरों की वर्षा हुई| सूखी हुई पृथ्वी हरियाली से ढक गई| अकाल दूर हो गया| प्रजा सुख और शांति के साथ जीवन व्यतीत करने लगी| वह सवरण को परमात्मा और तप्ती को देवी मानकर दोनों की पूजा करने लगी| सवरण और तप्ती से ही कुरु का जन्म हुआ था| कुरु भी अपने माता-पिता के समान ही प्रतापी और पुण्यात्मा थे| युगों बीत गए हैं, किंतु आज भी घर-घर में कुरु का नाम गूंज रहा है|

26

श्रीकृष्ण दौड़े चले आए

अर्जुन ने अपने-आपको श्रीकृष्ण को समर्पित कर दिया था| अर्जुन होता हुआ भी, नहीं था, इसलिए कि उसने जो कुछ किया, अर्जुन के रूप में नहीं, श्रीकृष्ण के सेवक के रूप में किया| सेवक की चिंता स्वामी की चिंता बन जाती है|अर्जुन का युद्ध अपने ही पुत्र बब्रुवाहन के साथ हो गया, जिसने अर्जुन का सिर धड़ से अलग कर दिया... और कृष्ण दौड़े चले आए... उनके प्रिय सखा और भक्त के प्राण जो संकट में पड़ गए थे|अश्वमेध यज्ञ का घोड़ा बब्रुवाहन ने पकड़ लिया और घोड़े की देखभाल की जिम्मेदारी अर्जुन पर थी| बब्रुवाहन ने अपनी मां चित्रांगदा को वचन दिया था कि मैं अर्जुन को युद्ध में परास्त करूंगा, क्योंकि अर्जुन चित्रांगदा से विवाह करने के बाद लौटकर नहीं आया था|

और इसी बीच चित्रांगदा ने बब्रुवाहन को जन्म दिया था| चित्रांगदा अर्जुन से नाराज थी और उसने अपने पुत्र को यह तो कह दिया था कि तुमने अर्जुन को परास्त करना है लेकिन यह नहीं बताया था कि अर्जुन ही तुम्हारा पिता है... और बब्रुवाहन मन में अर्जुन को परास्त करने का संकल्प लिए ही बड़ा हुआ| शस्त्र विद्या सीखी, कामाख्या देवी से दिव्य बाण भी प्राप्त किया, अर्जुन के वध के लिए|और अब बब्रुवाहन ने अश्वमेध के अश्व को पकड़ लिया तो अर्जुन से युद्ध अश्वयंभावी हो गया| भीम को बब्रुवाहन ने मूर्छित कर दिया| और फिर अर्जुन और बब्रुवाहन का भीषण संग्राम हुआ| अर्जुन को परास्त कर पाना जब असंभव लगा तो बब्रुवाहन ने कामाख्या देवी से प्राप्त हुए दिव्य बाण का उपयोग कर अर्जुन का सिर धड़ से अलग कर दिया|

श्रीकृष्ण को पता था कि क्या होने वाला है, और जो कृष्ण को पता था, वही हो गया| वे द्वारिका से भागे-भागे चले आए| दाऊ को कह दिया, "देर हो गई, तो बहुत देर हो जाएगी, जा रहा हूं|"कुंती विलाप करने लगी... भाई विलाप करने लगे... अर्जुन पांडवों का बल था| आधार था, लेकिन जब अर्जुन ही न रहा तो जीने का क्या लाभ|

मां ने कहा, "बेटा, तुमने बीच मझदार में यह धोखा क्यों दिया? मां बच्चों के कंधों पर इस संसार से जाती है और तुम मुझसे पहले ही चले गए| यह हुआ कैसे? यह हुआ क्यों? जिसके

"

सखा श्रीकृष्ण हों, जिसके सारथी श्रीकृष्ण हो, वह यों, निष्प्राण धरती पर नहीं लेट सकता... पर यह हो कैसे गया?"

देवी गंगा आई, कुंती को कहा, "रोने से क्या फायदा, अर्जुन को उसके कर्म का फल मिला है| जानती हो, अर्जुन ने मेरे पुत्र भीष्म का वध किया था, धोखे से| वह तो अर्जुन को अपना पुत्र मानता था, पुत्र का ही प्यार देता था| लेकिन अर्जुन ने शिखंडी की आड़ लेकर, मेरे पुत्र को बाणों की शैया पर सुला दिया था| क्यों? भीष्म ने तो अपने हथियार नीचे रख दिए थे| वह शिखंडी पर बाण नहीं चला सकता था| वह प्रतिज्ञाबद्ध था, लेकिन अर्जुन ने तब भी मेरे पुत्र की छाती को बाणों से छलनी किया| तुम्हें शायद याद नहीं, लेकिन मुझे अच्छी तरह याद है... तब मैं भी बहुत रोई थी| अब अर्जुन का सिर धड़ से अलग है| बब्रुवाहन ने जिस बाण से अर्जुन का सिर धड़ से अलग किया है, वह कामाख्या देवी माध्यम से मैंने ही दिया था|

अर्जुन को परास्त कर पाना बब्रुवाहन के लिए कठिन था, आखिर उसने मेरे ही बाण का प्रयोग किया और मैंने अपना प्रतिशोध ले लिया| अब क्यों रोती हो कुंती? अर्जुन ने मेरे पुत्र का वध किया था और अब उसी के पुत्र ने उसका वध किया है, अब रोने से क्या लाभ? जैसा उसने किया वैसा ही पाया| मैंने अपना प्रतिशोध ले लिया|"

और प्रतिशोध शब्द भगवान श्रीकृष्ण ने सुन लिया... हैरान हुए... अर्जुन का सिर धड़ स अलग था| और गंगा मैया, भीष्म की मां अर्जुन का सिर धड़ से अलग किए जाने को अपने प्रतिशोध की पूर्ति बता रही हैं... श्रीकृष्ण सहन नहीं कर सके... एक नजर भर, अर्जुन के शरीर को, बुआ कुंती को, पांडु पुत्रों को देखा... बब्रुवाहन और चित्रांगदा को भी देखा... कहा, "गंगा मैया, आप किससे किससे प्रतिशोध की बात कर रही हैं? बुआ कुंती से... अर्जुन से, या फिर एक मां से? मां कभी मां से प्रतिशोध नहीं ले सकती| मां का हृदय एक समान होता है, अर्जुन की मां का हो या भीष्म की मां का... आपने किस मां प्रतिशोध लिया है?" गंगा ने कहा, "वासुदेव ! अर्जुन ने मेरे पुत्र का उस समय वध किया था, जब वह निहत्था था, क्या यह उचित था? मैंने भी अर्जुन का वध करा दिया उसी के पुत्र से... क्या मैंने गलत किया? मेरा प्रतिशोध पूरा हुआ... यह एक मां का प्रतिशोध है|"

श्रीकृष्ण ने समझाया, "अर्जुन ने जिस स्थिति में भीष्म का वध किया, वह स्थिति भी तो पितामह ने ही अर्जुन को बताई थी, क्योंकि पितामह युद्ध में होते, तो अर्जुन की जीत असंभव थी... और युद्ध से हटने का मार्ग स्वयं पितामह ने ही बताया था, लेकिन यहां तो स्थिति और है| अर्जुन ने तो बब्रुवाहन के प्रहारों को रोका ही है, स्वयं प्रहार तो नहीं किया, उसे काटा तो नहीं, और यदि अर्जुन यह चाहता तो क्या ऐसा हो नहीं सकता था... अर्जुन ने तो आपका मान बढ़ाया है, कामाख्या देवी द्वारा दिए गए आपके ही बाण का... प्रतिशोध लेकर आपने पितामह का, अपने पुत्र का भी भला नहीं किया|"

गंगा दुविधा में पड़ गई| श्रीकृष्ण के तर्कों का उसके पास जवान नहीं था| पूछा, "क्या करना चाहिए, जो होना था सो हो गया| आप ही मार्ग सुझाएं|"श्रीकृष्ण ने कहा, "आपकी प्रतिज्ञा पूरी हो गई, उपाय तो किया ही जा सकता है, कोई रास्ता तो होता ही है| जो प्रतिज्ञा

आपने की, वह पूरी हो गई| जो प्रतिज्ञा पूरी हो गई तो अब उसे वापस भी लिया जा सकता है, यदि आप चाहें तो क्या नहीं हो सकता? कोई रास्ता तो निकाला ही जा सकता है|"

गंगा की समझ में बात आ गई और मां गंगा ने अर्जुन का सिर धड़ से जोड़ने का मार्ग सुझा दिया| यह कृष्ण के तर्कों का कमाल था| जिस पर श्रीकृष्ण की कृपा हो, जिसने अपने आपको श्रीकृष्ण को सौंप रखा हो, अपनी चिंताएं सौंप दी हों, अपना जीवन सौंप दिया हो, अपना सर्वस्व सौंप दिया हो, उसकी रक्षा के लिए श्रीकृष्ण बिना बुलाए चले आते हैं| द्वारिका से चलने पर दाऊ ने कहा था, 'कान्हा, अब अर्जुन और उसके पुत्र के बीच युद्ध है, कौरवों के साथ नहीं, फिर क्यों जा रहे हो?' तो कृष्ण ने कहा था, 'दाऊ, अर्जुन को पता नहीं कि वह जिससे युद्ध कर रहा है, वह उसका पुत्र है| इसलिए अनर्थ हो जाएगा| और मैं अर्जुन को अकेला नहीं छोड़ सकता|' भगवान और भक्त का नाता ही ऐसा है| दोनों में दूरी नहीं होती| और जब भक्त के प्राण संकट में हों, तो भगवान चुप नहीं बैठ सकते|

अर्जुन का सारा भाव हो, और कृष्ण दूर रहें, यह हो ही नहीं सकता| याद रखें, जिसे श्रीकृष्ण मारना चाहें, कोई बचा नहीं सकता और जिसे वह बचाना चाहें, उसे कोई मार नहीं सकता| अर्जुन और श्रीकृष्ण हैं ही एक... नर और नारायण|

27

कुंती का त्याग

पाण्डव अपनी मां कुंती के साथ इधर से उधर भ्रमण कर रहे थे| वे ब्राह्मणों का वेश धारण किए हुए थे| भिक्षा मांगकर खाते थे और रात में वृक्ष के नीचे सो जाया करते थे| भाग्य और समय की यह कैसी अद्भुत लीला है| जो पांडव हस्तिनापुर राज्य के भागीदार हैं और जो सारे जगत को अपनी मुट्ठी में करने में समर्थ हैं, उन्हीं को आज भिक्षा पर जीवन-यापन करना पड़ रहा है|दोपहर के बाद का समय था| पांडव अपनी मां कुंती के साथ वन के मार्ग से आगे बढ़ते जा रहे थे| सहसा उन्हें वेदव्यास जी दिखाई पड़े| कुंती दौड़कर वेदव्यास जी के चरणों में गिर पड़ी| उनके चरणों को पकड़कर बिलख-बिलख कर रोने लगी| उसने अपने आंसुओं से उनके चरणों को धोते हुए उन्हें अपनी पूरी कहानी सुना दी|

वेदव्यास जी ने कुंती को धैर्य बंधाते हुए कहा, "आंसू बहाने से कुछ नहीं होगा| जो ऊपर पड़ा हैं, उसे धैर्य से सहन करो| जब अच्छे दिन आएंगे, फिर सबकुछ ठीक हो जाएगा| चलो, मेरे साथ चलो| मैं तुम्हें एक स्थान बताए दे रहा हूं| कुछ दिनों तक वहीं रहकर समय काटो|"

वेदव्यास जी पांडवों को एक नगर में ले गए| उस नगर का नाम एकचक्रा था| आज के बिहार राज्य में, शाहाबाद जिले में आरा नामक एक बड़ा नगर है| महाभारत काल में आरा को ही एकचक्रा के नाम से पुकारा जाता था| उन दिनों एकचक्रा में केवल ब्राह्मण ही निवास करते थे| वेदव्यास जी पांडवों को एकचक्रा में पहुंचाकर चले गए| पांडव एक ब्राह्मण के घर में निवास करने लगे| पांचों भाई प्रतिदिन भिक्षा मांगने के लिए जाया करते थे| भिक्षा में जो अन्न मिलता था, उसी से अपने जीवन का निर्वाह करते थे|

उन दिनों एकचक्रा में एक राक्षस के द्वारा बड़े जोरों का आतंक फैला हुआ था| उस राक्षस का नाम बक था| वह दिन में वन में छिपा रहता था| रात में बाहर निकलता था और एकचक्रा में घुस जाता था| जिसे भी पाता था, मार डालता था| खाता तो एक ही दो आदमी को था, पर पंद्रह-बीस आदमियों के प्राण रोज जाते थे| आखिर एकचक्रा के निवासियों ने बक से एक समझौता किया - प्रतिदिन नगर का एक आदमी अपने आप ही बक के पास पहुंच जाया करेगा और बक उसे मारकर खा लिया करेगा| एक ही आदमी की जान जाएगी, व्यर्थ में मारे

जाने वाले लोग बच जाया करेंगे|

बक ने भी इस समझौते को स्वीकार कर लिया| उसे जब बैठे-बिठाए ही भोजन मिल जाता था, तो वह समझौते को स्वीकार न करता तो क्या करता? उसने समझौते को स्वीकार करते हुए चेतावनी दे रखी थी कि अगर समझौते का उल्लंघन किया गया तो वह एकचक्रा को उजाड़कर मिट्टी में मिला देगा| बस, उसी दिन से क्रम-क्रम से एक घर का एक आदमी बक के पास जाने लगा, बक उसे खाकर अपनी क्षुधाग्नि को शांत करने लगा| संयोग की बात, एक दिन उस ब्राह्मण के घर की बारी आ गई, जिसके घर में पांडव अपनी मां के साथ निवास करते थे| दोपहर के पूर्व का समय था| कुंती अपने कमरे में बैठी हुई थी| उस दिन भीम किसी कारणवश भिक्षा मांगने नहीं गया था| वह भी कमरे के भीतर, कुंती के पास ही मौजूद था|

सहसा कुंती के कानों में किसी के रोने की आवाज आई| रोने और विलाप करने का वह स्वर उस ब्राह्मण के कमरे से आ रहा था, जिसके घर में वह ठहरी हुई थी| जब कुंती से विलाप का यह सकरुण स्वर सुना नहीं गया, तो वह ब्राह्मण के कमरे में जा पहुंची| उसने वहां जो कुछ देखा उससे वह सन्नाटे में आ गई|ब्राह्मण के कुटुंब में कुल तीन ही प्राणी थे - ब्राह्मण-ब्राह्मणी और उसका एक युवा पुत्र| तीनों बिलख-बिलखकर रो रहे थे, "हाय, हाय, अब क्या होगा? अब तो सबकुछ मिट्टी में मिलकर रहेगा|"

कुंती ने तीनों को रोता हुआ देखकर ब्राह्मण से पूछा, "विप्रवर, आप तीनों इस प्रकार क्यों रो रहे हैं? क्या मैं जान सकती हूं कि किस दारुण कष्ट ने आप तीनों को अत्यंत दुखी बना रखा है?"ब्राह्मण ने आंखों से आंसुओं की बूंदें गिराते हुए उत्तर दिया, "बहन, तुम सुनकर क्या करोगी? हमारा कष्ट एक ऐसा कष्ट है, जिसे कोई दूर नहीं कर सकता|"

कुंती ने सहानुभूति भरे स्वर में कहा, "हम तो गरीब ब्राह्मण हैं| सच है, हम आपके कष्ट को दूर नहीं कर सकते, किंतु फिर भी सुनने में हर्ज ही क्या है? हो सकता है, हम आपके कुछ काम आ जाएं|"जब कुंती ने बहुत आग्रह किया तो ब्राह्मण ने बक राक्षस की पूरी कहानी उसे सुना दी| कहानी सुनाकर उसने सिसकते हुए कहा, "बहन ! हम कुल तीन ही प्राणी हैं| यदि कोई एक राक्षस के पास जाता है, तो वह उसे मारकर खा जाएगा| हमारा घर बरबाद हो जाएगा| इसलिए हम सोचते हैं कि हम तीनों ही राक्षस के पास चले जाएंगे| हम इसलिए रो रहे हैं, आज हम तीनों के जीवन का अंत हो जाएगा|"

ब्राह्मण की करुण कथा सुनकर कुंती बड़ी दुखी हुई| वह मन ही मन कुछ क्षणों तक सोचती रही, फिर बोली, "विप्रवर ! मैं एक बात कहती हूं, उसे ध्यान से सुनिए| मेरे पांच पुत्र हैं| आज मैं अपने एक पुत्र को आपके कुटुंब की ओर से राक्षस के पास भेज दूंगी| यदि राक्षस मेरे पुत्र को खा जाएगा, तो भी मेरे चार पुत्र शेष रहेंगे|"कुंती की बात सुनकर ब्राह्मण स्तब्ध रह गया| उसने परोपकार में धन देने वालों की कहानियां तो बहुत सुनी थीं, पर पुत्र देने वाली बात आज उसने पहली बार सुनी| वह कुंती की ओर देखता हुआ बोला, "बहन, तुम तो कोई स्वर्ग की देवी ज्ञात हो रही हो| मुझे इस बात पर गर्व है कि तुम्हारी जैसी देवी मेरे घर में अतिथि के रूप में है| तुम मेरे लिए पूज्यनीय हो| मैं अपने अतिथि से प्रतिदान लूं, यह अधर्म

मुझसे नहीं हो सकेगा| मैं मिट जाऊंगा, पर मैं अतिथि को कष्ट में नहीं पड़ने दूंगा|"ब्राह्मण की बात सुनकर कुंती बोली, "आपने हमें आश्रय देकर हम पर बड़ा उपकार किया है| आप हमारे उपकारी हैं| हमारा धर्म है कि आपको कष्ट में न पड़ने दें| आप अपने धर्म का पालन तो करना चाहते हैं, पर हमें अपने धर्मपालन से क्यों रोक रहे हैं?"

कुंती ने जब बहुत आग्रह किया तो ब्राह्मण ने उसकी बात मान ली| उसने दबे स्वर में कहा, "अच्छी बात है बहन ! ईश्वर तुम्हारा भला करे|"कुंती ब्राह्मण के पास से उठकर भीम के पास गई| उसने पूरी कहानी भीम को सुनाकर उससे कहा, "बेटा, परोपकार से बढ़कर दूसरा कोई धर्म नहीं होता| तुम ब्राह्मण कुटुंब की ओर से बक के पास जाओ| यदि बक तुम्हें मारकर खा जाएगा, तो मुझे प्रसन्नता होगी कि मेरा बेटा परोपकार की वेदी पर बलिदान हो गया|"

भीम ने बड़े हर्ष के साथ अपनी मां की आज्ञा को स्वीकार कर लिया| उसने कहा, "मां, तुम्हारी आज्ञा शिरोधार्य है| बक मुझे क्या मारकर खाएगा, तुम्हारे आशीर्वाद से मैं उसे मिट्टी में मिला दूंगा|"

संध्या का समय था भीम एक गाड़ी के ऊपर खाने-पीने का सामान लादकर उसे खींचता हुआ बक के निवास स्थान की ओर चल पड़ा| वह बक के निवास पर पहुंचकर गाड़ी पर लदे हुए खाने के सामान को स्वयं खाने लगा| बक कुपित हो उठा| वह गरजता हुआ बोला, "एक तो तुम देर से आए हो और ऊपर से मेरा भोजन खा रहे हो?" इतना कहकर वह भीम पर टूट पड़ा| भीम तो पहले ही तैयार था| दोनों में मल्लयुद्ध होने लगा| दोनों की गर्जना और ताल ठोंकने के शब्दों से वायुमण्डल गूंज उठा| बक ने बड़ा प्रयत्न किया कि वह भीम को मल्लयुद्ध में पछाड़ दे, पर वह सफल नहीं हुआ| वह स्वयं भीम की पकड़ में आ गया| भीम ने उसे धरती पर गिराकर, उसके गले को इतने जोरों से दबाया कि उसकी जीभ बाहर निकल आई| वह प्राणशून्य हो गया| भीम ने उसे उठाकर नगर के फाटक के पास फेंक दिया|उधर, संध्या समय चारों भाई भिक्षाटन से लौटे, तो कुंती से सबकुछ सुनकर वे बड़े दुखी हुए| उन्होंने अपनी मां से कहा, "तुमने भीम को अकेले भेजकर अच्छा नहीं किया| हम भाइयों में वही एक ऐसा है, जो संकट के समय काम आता है|"

कुंती ने अपने पुत्रों को समझाते हुए कहा, "तुम चिंता क्यों करते हो? तुम देखोगे कि मेरा भीम बक को मिट्टी में मिलाकर आएगा|"फिर चारों भाई भीम का पता लगाने के लिए चल पड़े| वे अभी कुछ ही दूर गए थे कि भीम अपनी मस्ती में झूमता हुआ आता दिखाई पड़ा| चारों भाई दौड़कर भीम से लिपट गए| भीम ने उन्हें बताया कि उसने किस तरह अत्याचारी बक को नर्क में पहुंचा दिया है|

भीम ने घर पहुंचकर अपनी मां के चरण स्पर्श किए| उसने कहा, "मां, तुम्हारे आशीर्वाद से मैंने बक का संहार कर दिया| अब एकचक्रा के निवासी सदा-सदा के लिए भयमुक्त हो गए|"कुंती ने भीम का मुख चूमते हुए कहा, "बेटा भीम ! मुझे तुमसे यही आशा थी| मैंने इसीलिए तो तुम्हें बक के पास भेजा था|"

प्रभात होने पर एकचक्रा निवासियों ने नगर के फाटक पर बक को मृत अवस्था में पड़ा हुआ देखा| उन्हें जहां प्रसन्नता हुई, वहां आश्चर्य भी हुआ - बक का वध किसने किया? क्या ब्राह्मण ने? एकचक्रा के निवासी दौड़े-दौड़े ब्राह्मण के घर पहुंचने लगे| थोड़ी ही देर में ब्राह्मण के द्वार पर बहुत बड़ी भीड़ एकत्रित हो गई| ब्राह्मण के जयनाद से धरती और आकाश गूंजने लगा|ब्राह्मण ने भीड़ को शांत करते हुए कहा, "भाइयो ! बक का वध मैंने नहीं किया है| उसका वध तो मेरे घर में ठहरी हुई ब्राह्मणी के बेटे ने किया है|" एकचक्रा के निवासी इस बात को तो जान गए कि बक का वध ब्राह्मण के घर में टिकी हुई ब्राह्मणी के एक बेटे ने किया है, किंतु अधिक प्रयत्न करने पर भी वे यह नहीं जान सके कि ब्राह्मणी कौन है और उसके पांचों बेटे कौन हैं?

किंतु जानने पर भी यह तो हुआ ही कि एकचक्रा निवासी ब्राह्मणी और उसके पुत्रों का बड़ा आदर करने लगे| स्वयं ब्राह्मण भी गर्व का अनुभव करने लगा कि जिस ब्राह्मणी के पुत्र के एकचक्रा के निवासियों को सदा-सदा के लिए संकट मुक्त करा दिया है, वह उसके घर में अतिथि के रूप में टिकी हुई है|

28

तेनाली एक योद्धा

एक बार एक प्रसिध्द योद्धा उत्तर भारत से विजयनगर आया। उसने कई युद्ध तथा पुरस्कार जीत रखे थे। इसके अतिरिक्त वह आज तक अपनी पूरी जिन्दगी में मल्ल युध्द में पराजित नहीं हुआ था। उसने युद्ध के लिए विजयनगर के योध्दाओं को ललकारा। उसके लम्बे, गठीले व शक्तिशाली शरीर के सामने विजयनगर का कोई भी योद्धा टिक न सका। अब विजयनगर की प्रतिष्ठा दॉव पर लग चुकी थी । इस बात से नगर के सभी योद्धा चिन्तित थे। बाहर से आया हुआ एक व्यक्ति पूरे विजयनगर को ललकार रहा था और वे सब कुछ भी नहीं कर पा रहे थे। अतः सभी योद्धाइस समस्या के हल के लिए तेनाली राम के पास गए।

उनकी बात बडे ध्यान से सुनने के बाद तेनाली राम बोला, " सचमुच, यह एक बडी समस्या है। परन्तु उस योद्धा को तो कोई योद्धा ही हरा सकता है। मैं कोई योद्धा तो हूँ नहीं, बस एक विदुषक हूँ। इसमें मैं क्या कर सकता हूँ ?"

तेनाली राम की यह बात सुन सभी योद्धा निराश हो गए, क्योंकि उनकी एकमात्र आशा तेनाली राम ही था । जब वे निराश मन से जाने लगे तो तेनाली राम ने उन्हें रोक कर कहा, " मैं उत्तर भारत के उस वीर योद्धा से युद्ध करुँगा और उसे हराऊँगा, परन्तु तुम्हें वचन देना कि जैसा मैं कहुँगा, तुम सब वैसा ही करोगे।" उन लोगों ने तुरन्त वचन दे दिया। वचन लेने के बाद तेनाली राम बोला, "शक्ति परीक्षण के दिन तुम सभी पदक पहना देना और उस योद्धा से मेरा परिचय अपने गुरु के रूप में कराना, और मुझे अपने कंधे पर बैठा कर ले जाना ।"विजयनगर के योद्धाओं ने तेनाली राम को ऐसा ही करने आ आश्वासन दिया। निश्चित दिन के लिए तेनाली राम ने योद्धाओं को एक नारा भी याद करने को कहा जो कि इस प्रकार था, 'ममूक महाराज की जय, मीस ममूक महाराज की जय ।' तेनाली राम ने कहा, "जब तुम मुझे कंधों पर बैठा कर युद्धभूमि में जाओगे, तब सभी इस नारे को जोर-जोर से बोलना।"

अगले दिन युद्धभूमि में जोर-जोर से नारा लगाते हुए योद्धाओं की ऊँची आवाज सुनकर उत्तर भारत के योद्धा ने सोचा कि अवश्य ही कोई महान योद्धा आ रहा है। नारा कन्नड भाषा

का साधारण श्लोक था, जिसमें 'ममूक' का अर्थ था- 'धूल चटाना" जब कि 'मीस' क अर्थ भी लगभग यही था। उत्तर भारत के योद्धा को कन्नड भाषा समझ में नहीं आ रही थी। अतः उसने सोचा कि कोई महान योद्धा आ रहा है।तेनाली राम उत्तर भारत के योद्धा के पास आया और बोला, "इससे पहले कि मैं तुम्हारे साथ युध्द करूँ, तुम्हें मेरे हाव-भावों का अर्थ बताना होगा। दर असल प्रत्येक महान योध्दा को इन हाव-भावों का अर्थ ज्ञात होना चाहिए। अगर तुम मेरे हाव-भावों का अर्थ बता दोगे, तभी मैं तुम्हारे साथ युद्ध करुँगा। यदि तुम अर्थ नहीं बता सके तो तुम्हें अपनी पराजय स्वीकार करनी पडेगी।"

इतने बडे-बडे योद्धाओं को देख, जो कि तेनाली राम को कन्धों पर उठाकर लाए थे और उसे अपना गुरु बता रहे थे व जोर-जोर से नारा भी लगा रहे थे, वह योद्धा सोचने लगा कि अवश्य ही तेनाली राम कोई बहुत ही महान योद्धा है। अतः उसने तेनाली की बात स्वीकार कर ली।इसके बाद तेनाली राम ने संकेत देने आरम्भ किए। तेनाली राम ने सर्वप्रथम अपना दायाँ पैर आगे करके योद्धा की छाती को अपने दाएँ हाथ से छुआ। फिर अपने बाएँ हाथ से उसने स्वयं को छुआ। तत्पश्चात उसने अपने दाएँ हाथ को बाएँ हाथ पर रखकर जोर से उसने दबा दिया । इसके बाद उसने अपनी तर्जनी से दक्षिण दिशा की ओर संकेत किया।फिर उसने अपने दोनों हाथों की तर्जनी उँगलियों से एक गाँठ बनाई। तत्पश्चात एक मुट्ठी मिट्टी उठाकर अपने मुँह में डालने का अभिनय किया।

इसके पश्चात उसने उत्तर भारत के योद्धा से इन हाव-भावों को पहचानने के लिए कहा। परन्तु वह योद्धा कुछ समझ नहीं पाया, इसलिए उसने अपनी पराजय स्वीकार कर ली। वह विजयनगर से चला गया और जाते-जाते अपने सभी पदक व पुरस्कार तेनाली राम को दे गया।विजयनगर के राजा व प्रजा परिस्थिति के बदलते ही अचम्भित से हो गए। सभी योद्धा बिना युध्द किए ही जीतने से प्रसन्न थे। राजा ने तेनाली राम को बुलाकर पूछा, "तेनाली, उन हाव-भावों से तुमने क्या चमत्कार किया?"

तेनाली राम बोला, "महाराज, इसमें कोई चमत्कार नहीं था। यह मेरी योद्धा को मूर्ख बनाने की योजना थी। मेरे हाव-भावों के अनुसार वह योद्धा उसी प्रकार शक्तिशाली था, जिस प्रकार किसी का दायाँ हाथ शक्तिशाली होता है और मैं उसके सामने बाएँ हाथ की तरह निर्बल था। यदि दाएँ हाथ के समान शक्तिशाली योद्धा बाएँ हाथ के समान निर्बल योद्धा को युद्ध के लिए ललकारेगा, तो निर्बल योद्धा तो बादाम की तरह कुचल दिया जाएगा। सो यदि मैं युद्ध हारता, तो दक्षिण दिशा में बैठी मेरी पत्नी को अपमान रुपी धूल खानी पडती। मेरे हाव-भावों का केवल यही अर्थ था, जिसे वह समझ नहीं पाया।"

तेनाली का यह जवाब सुनकर राजा व सभी एकत्रित लोग ठहाका लगाकर हँस पडे।

29

तेनाली का पुत्र

राजा कृष्णदेव राय के महल में एक विशाल उद्यान था। वहाँ विभिन्न प्रकार के सुन्दर-सुन्दर फूल लगे थे। एक बार एक विदेशी ने उन्हें एक पौधा उपहार में दिया, जिस पर गुलाब उगते थे। बगीचे के सभी पौधों में राजा को वह पौधा अत्यन्त प्रिय था। एक दिन राजा ने देखा कि पौधे पर गुलाब की संख्या कम हो रही है। उन्हें लगा कि हो न हो, अवश्य ही कोई गुलाबों की चोरी कर रहा है। उन्होंने पहरेदारों को सतर्क रहने तथा गुलाबों के चोर को पकडने का आदेश दिया।

अगले दिन पहरेदारों ने चोर को रंगे हाथ पकड लिया। वह और कोई नहीं, तेनाली का पुत्र था। उस समय के नियमानुसार किसी भी चोर को जब पकडा जाता था तो उसे विजयनगर की सडकों पर घुमाया जाता था। अन्य लोगों की तरह तेनाली राम ने भी सुना कि उसके पुत्र को गुलाब चुराते हुए पकडा गया है। जब तेनाली राम का पुत्र सिपाहियों के साथ घर के पास से गुजर रहा था, तो उसकी पत्नी तेनाली से बोली, "अपने पुत्र की रक्षा के लिए आप कुछ क्यों नहीं करते?"

इस पर तेनाली राम अपने पुत्र को सुनाते हुए जोर से बोला, "मैं क्या कर सकता हूँ? हाँ यदि वह अपनी तीखी जुबान का प्रयोग करे, तो हो सकता है कि स्वयं को बचा सके।तेनाली राम के पुत्र ने जब यह सुना तो वह कुछ समझ नहीं पाया। वह सोचने लगा कि पिताजी की इस बात का आखिर क्या अर्थ हो सकता है? पिताजी ने जरुर उसे ही सुनाने के लिए यह बात इतनी जोर से बोला है। मगर तीखी जुबान के प्रयोग करने का क्या मतलब हो सकता है? यदि वह इसका अर्थ समझ जाए तो वह बच सकता है।

कुछ क्षण पश्चात उसे समझ में आ गया कि पिता के कहने का क्या अर्थ है? अपनी तीखी जुबान को प्रयोग करने का अर्थ था कि वह मीठे गुलाबों को किसी को दिखने से पहले ही खा ले। अब क्या था, वह धीरे-धीरे गुलाब के फूलों को खाने लगा। इस प्रकार महल में पहुँचने से पहले ही वह सारे गुलाब खा गया और सिपाहियों ने उस पर कोई ध्यान भी नहीं दिया।दरबार में पहुंचकर सिपाहियों ने तेनाली राम के पुत्र को राजा के सामने प्रस्तुत किया और कहा,

महाराज ! इस लडके को हमने गुलाब चुराते हुए रंगे हाथों पकडा।"

"अरे! इतना छोटा बालक और चोर।" राजा ने आश्चर्य से पूछा।

इस पर तेनाली राम का पुत्र बोला, " महाराज, मैं तो केवल बगीचे से जा रहा था परन्तु आपको प्रसन्न करने के लिए इन्होंने मुझे पकड लिया। मुझे लगता है कि वास्तव में, ये स्वयं ही गुलाब चुराते होगें। मैंने कोई गुलाब नहीं चुराया। क्या आपको मेरे पास कोई गुलाब दिखाई दे रहा है? यदि मैं रंगे हाथो पकडा गया हूँ, तो मेरे हाथो में गुलाब होने चाहिए थे।"गुलाबों का न पाकर पहरेदार अच्म्भित हो गए। राजा उन पर क्रोधित होकर बोले, "तुम एक सीधे-सादे बालक को चोर कैसे कह सकते हो? इसे चोर सिद्ध करने के लिए तुम्हारे पास कोई सबूत भी नहीं है। जाओ और भविष्य में बिना सबूत के किसी पर अपराधी होने का आरोप मत लगाना।"

इस प्रकार तेनाली राम का पुत तेनाली की बुद्धिमता से स्वतन्त्र हो गया।

30

तेनाली का प्रयोग

तेनाली की बुद्धिमानी व चतुराई के कारण सभी उसे बहुत प्यार करते थे। परन्तु राजगुरु उससे ईर्ष्या करते थे। राजगुरु के साथ कुछ चापलूस दरबारी भी थे, जो उनके विचारों से सहमत थे। एक दिन सभी ने मिलकर तेनाली को अपमानित करने के लिए एक योजना बनाई। अगले दिन दरबार में राजगुरु राजा कृष्णदेव राय से बोले, "महाराज, मैंने सुना है कि तेनाली ने पारस पत्थर ब्नाने की विधा सीखी है। पारस पत्थर जादुई पत्थर है, जिससे लोहा भी सोना बन जाता है।यदि ऐसा है, तो राजा होने के नाते वह पत्थर प्रजा की भलाई के लिए मेरे पास होना चाहिए। इस विषय में मैं तेनाली से बात करूँगा।परन्तु महाराज!आप उससे यह मत कहना कि यह सूचना मैंने आपको दी है।" राजगुरु ने राजा से प्रार्थना करते हुए कहा।

उस दिन तेनाली के दरबार में आने पर राजा ने उससे कहा, तेनाली, मैंने सुना है कि तुम्हारे पास पारस है। तुमने लोहे को सोने में बदलकर बहुत धन इकट्ठा कर लिया है।तेनाली बुद्धिमान तो था ही सो वह तुरन्त समझ गया कि किसी ने राजा को उसके विरुद्ध झूठी कहानी सुनाकर उसे फंसाने की कोशिश की है। इसलिए वह राजा को प्रसन्न करते हुए बोला, "जी महाराज, यह सत्य है। मैंने ऐसी कला सीख ली है और इससे काफी सोना भी बनाया है।"

"तब तुम अपनी कला का प्रदर्शन अभी इसी समय दरबार में करो।'

महाराज!मैं अभी ऐसा नहीं कर सकता। इसके लिए मुझे कुछ समय लगेगा। कल सुबह मैं आपको लोहे को सोने में परिवर्तित करने की कला दिखाऊँगा।राजगुरु व उसके साथी समझ गए कि तेनाली अब फँस गया है, लेकिन वे यह जानने को उत्सुक थे कि तेनाली राम इस मुसीबत से छुटकारा पाने के लिए क्या करता है?

अगले दिन तेनाली गली के एक कुत्ते के साथ दरबार में आया। उस कुत्ते की पूँछ को उसने एक नली में डाला हुआ था। उसे इस प्रकार दरबार में आता देख हर व्यक्ति हँस रहा था, परन्तु यह देखकर राजा क्रोधित हो गए और बोले, "तेनाली, तुमने एक गली के कुत्ते को राजदरबार मे लाने की हिम्मत कैसे की।

"महाराज, पहले आप मेरे प्रश्न का उत्तर दीजिए। क्या आप जानते हैं कि कुत्ते की पूँछ को कितने भी वर्षों तक एक सीधी नली में रखें, तब भी वह सीधी नही होती। वह अपनी कुटिल प्रकृति को कभी नहीं छोड सकती?"

"हाॅ मैं इसके बारे मैं जानता हूँ।" राजा ने उत्तर दिया।

"महाराज, यहाॅ मैं इसी बात को तो सिद्ध करना चाहता हूँ।" तेनाली राम बोला।

अरे तेनाली, मूर्खों के समान बात मत करो। कुत्ते की पूँछ कभी सीधी हुई है जो तुम मुझसे पूँछ रहे हो। बल्कि तुम जानते हो कि तुम इस कुत्ते की पूँछ को सीधा नहीं कर सकते हो, क्योंकि यह उसकी प्रकृति है।

ठीक यही तो मैं आपको दिखाना चाहता हूँ और सिद्ध करना चाहता हूँ कि जब एक कुत्ते की पूँछ अपनी प्रकृति के विरुद्ध सीधी नहीं हो सकती, तो फिर लोहा अपनी प्रकृती को छोड़कर सोना कैसे बन सकता है. राजा कृष्णदेव राय को तुरंत अपनी गलती का एहसास हो गया। वह समझ गए कि उन्होंने बिना कुछ सोचे-समझे राजगुरु की झुठी बातों पर आँख बंद करके विश्वास कर लिया। उन्होंने राजगुरु से तो कुछ नहीं कहा, परन्तु तेनाली को उसकी चतुराई के लिए पुरस्कृत किया। राजगुरु व उनके साथी दरबारियों ने शर्म से झुका लिया क्योंकि उन लोगों के लिए यही अपमान व दण्ड था। इसके बाद तेनाली राम के खिलाफ कुछ भी कहने की उनकी हिम्मत नहीं होती थी।